슬기로운 출가생활

불교는 좋지만 출가는 겁나는 너에게

• 출가, 궁금해요?

'출가' 사이트 연결

• 출가 동영상

유튜브 '교육원' 채널

• 출가 상담전화 1666-7987

 휴대폰으로 본문 속 QR코드를 스캔해 보세요.
스님들의 생생한 인터뷰 영상을 만날 수 있습니다.

슬기로운 출가생활

불교는 좋지만 출가는 겁나는 너에게

편찬 대한불교조계종 교육원

담앤북스

출가,
참된 나를
만나는 길

이 책은 출가하여 구도의 길을 완성해 가시는 스님들의 이야기입니다. 깊고 고요한 산중, 번화한 홍대 거리 한복판, 온 세상 이야기가 오고 가는 인터넷, 구령 소리 가득한 군대, 치열한 삶이 있는 복지관 등 사람 사는 곳이라면 가릴 것 없이 각자의 소신대로 노력하며 수행자의 삶을 완성해 가는 열 분 스님들의 모습은 인생의 길을 모색하는 분들에게 좋은 본보기가 되어 줄 것입니다.

사람들이 깊은 고뇌에 빠지거나 매우 행복해지는 원인은 너무 단순해서 오히려 잘 모르는 분들이 많습니다. 옛말에 콩 심은 데 콩 나고, 팥 심은 데 팥 난다고 하지요. 이와 똑같은 말로 인과역연因果亦然이라는 불교의 가르침이 있습니다.

고뇌에서 벗어나서 행복한 삶을 완성하는 방법은 바로 지금 여기, 나 자신의 생각과 실천에 있는 것입니다. 모든 사람이 본래 가지고 있는 부처의 마음을 자각하고 착하고 지혜로운 행위, 복 짓는 생활로 부처다운 삶을 살면 누구나 행복한 부처님이 된다고 석가모니 부처님은 말씀하셨습니다. 그러니 언제나 자신을 돌아보고 바른 마음, 바른 행동으로 현명한 길을 걸어간다면 행복한 삶의 문은 모든 사람에게 열려 있다는 사실을 잊지 말아야 하겠습니다.

"신심을 가지고 부질없는 욕락을 버리고
참된 삶을 살아가겠다고 마음을 낸 수행자는
영원한 것과 영원하지 않은 것을 똑똑히 분간하여
가야 할 길만을 고고하게 걸어가라."

_ 지계제일 우바리존자 게송

이 책을 읽고, 살면서 온갖 번민이 일어나도 흔들림
없는 자신만의 길을 가시기 바랍니다.
언젠가 삶의 무게가 느껴질 때 하늘 한번 올려다보고
고요한 산사를 한번 찾아가 보세요. 산사 따라서 난
그 길을 걷다가 잠시 멈추고 물소리 바람 소리 듣노
라면 낙엽 내려와 앉은 그 자리에서 진정한 당신을
만나게 될지도 모르겠습니다.

불기 2567(2023)년 10월
대한불교조계종 교육원장 **범해** 합장

목차

슬기로운
출가생활

불교는 좋지만 출가는 겁나는 너에게 ☺

Just Be

함께 자고 먹고 생활하는 글로벌 수행 놀이터

도심 속 템플스테이
Just Be 홍대선원

준한 스님

JUST BE 홍대

Hip 절 Hip 크루 Hip 스님

'힙한' 홍대 거리에 자리 잡은 '힙한' 수행 놀이터에
는 '힙한' 스님과 크루들이 있다. 대학에서 건축과
경영을 전공한 준한 스님이 직접 리모델링을 하고,
대학 시절 경험했던 수행을 바탕으로 명상 프로그
램을 개발한 '명상 + 게스트하우스' 저스트비 홍대
선원 이야기다.

이곳에서의 머묾은
템플스테이라고 표현되기도 하고 명상 게스트 하우스라고 불리기도 한다.
홍대선원은 홍대 거리문화의 일부로 스며들어
자신만의 색깔을 지닌 공동체를 만들어 가고 있다.

13

공존은 곧 사이좋음이다. 우주 안에서 별들이 공존하고 있으며, 지구 안에서 사람들이 공존하며 살아간다. 우리는 알게 모르게 하나의 호흡을 공유하고 있으며 하나의 우주 안에 머물고 있다. 그것이 존재함으로 내가 존재한다. 이것이 부처님이 말씀하신 연기緣起*다. 공존에는 연기의 가르침이 담겨 있다. 여기에서 조금 더 범위를 축소해 보자. 공존의 가치를 몸소 느끼기 위해서는 무엇이 필요할까. 같은 공간을 공유하는 동거인이라면 공존의 실체를 만나게 된다. 또 같은 주제에 대해 즐거운 이야기를 나눌 수 있다면 이 시간 공존을 다시 한번 실감한다.

공존의 구체화를 위해 공유와 공감은 단짝처럼 붙어 다닌다. 같은 공간을 공유하고 있다고 해도 사유의 방향이 달라 공감할 수 없다면, 공존은 불편함이 된다. 우리가 우주 안에서 별을 보고 살아가듯, 지구 안에서 극적인 환경변화에 기민하게 반응하듯, 생각의 공감은 매우 중요한 요소다.

젊음의 거리인 홍대 거리.

각자가 지닌 개성으로 홍대의 거리문화를 만들어 가고 있다. 매일 새로운 젊음이 유입되고 문화의 생성과 소멸이 빠르게 진행되는 홍대 거리에 새로운 공존으로의 시도가 시작되었다. 저스트비 홍대선원 이야기다.

준한 스님은 홍대선원의 주지이자 크루의 일원이다.

* 모든 존재는 서로 연결되어 있다는 의미.

일 년에 생일파티만 50번,
우리가 함께 만든 곳

홍대선원을 주축으로 활동하는 크루는 50여 명이다. 메인 스태프는
25명, 서포터는 30명이다. 이들 중 10여 명은 하우스 내에 상주하고
있으며 15명 내외는 출퇴근하고 있다. 스님은 네 분, 많게는 여섯 분
까지 주석하며 청년들과 함께하고 있다. 이들 모두를 합친 인원에
매일 게스트 하우스를 오가는 손님들까지 더하면 약 100~200명이
홍대선원과 인연을 맺으며 살아가고 있는 셈이다.
지하 1층, 지상 5층 규모인 홍대선원은 1층은 안내 데스크와 차담,
독서 공간이고 2층과 3층은 템플스테이와 게스트 하우스를 겸한 1인실
및 다인실 캡슐 숙소이다. 4층은 사무실이며 5층은 부처님을 모신
법당으로 결코 작지 않은 규모다.

"매일 템플스테이를 운영하다 보니
빨래부터 청소, 이불 정리,
식사 준비, 상담 프로그램 진행 등
할 일이 정말 많아요.
이 모든 일들을 크루들이 분담하고
역할을 수행해 주고 있어요.
핵심은 자기가 잘하는 분야를
맡아 하는 거예요.
컴퓨터를 잘하는 친구는
기획, 시각디자인 쪽으로 돕고
예술하는 친구는 수행 프로그램
개발에 힘을 보탭니다."

운영하는 일이 쉽지 않지만 해답은 의외로 가까이에 있다. 바로 청년 크루들이다. 10대에서 20대까지 대학생들을 주축으로 한 활동적인 크루들과 30대에서 40대까지 이어지는 안정적인 청년 크루들이 조화롭게 공간을 채워 가고 있다. 예약 관리부터 템플스테이 관리까지 전반적인 운영에서 청년들의 자발적이고 주도적인 역할이 영향력을 발휘한다. 물론 이것은 공간의 운영에만 그치지 않는다. 크루들은 스님이 생각했던 것 이상의 콘텐츠를 만들어 나가고 있다.

"청년들이 주도적으로 프로젝트를 만들어요. 불교는 우리 문화유산이잖아요. 청년들이 주축이 되어 우리 문화유산을 상품으로 개발하는 사업들을 구상하고 있어요. 여행부터 교육, 수행에 이르기까지 다양한 프로그램들이 있어요. 저는 소스를 제공하는 거예요. 이렇게 공간, 소스, 시간, 기회를 만들었으니 여기서 자기 마음을 찾으며 재미있고 즐겁게 인연 되어서 살고 싶은 친구들은 모이라는 것이지요. 그러면 그 친구들은 이곳에 와서 주도적으로 활동을 합니다. 현재 굿즈 제작이 몇 가지 이뤄지고 있고, 명상 프로그램은 월정사에서 활용되고 있어요."

홍대선원 안에서 이뤄지는 일들을 종교적인 신행활동으로만 보기에는 한계가 있다. 오히려 그들의 활동은 탈종교적이며 그러하기에 더욱 불교적이라고 할 수 있다. 이곳에서 활동하는 크루 대부분이 비종교인이며, 불자는 20% 내외다. 탈종교적이면서 불교적이라는 아이러니한 공존을 경험할 수 있다.

"최근에 서울대학교 불교동아리 회장이 휴학계를 내고 이곳에 인턴으로 들어왔어요. 연세대학교에 다니던 친구는 졸업하고 들어왔는데, 이런 친구들이 모여서 얼마 전에 저스트비 미니 미디어팀을 결성했어요. 또 에코비 프로젝트도 운영하고 일회용품 사용을 줄이고 자체적으로 농사를 지으면서 자연 친화적인 삶을 지향합니다. 그런데 귀결점이 동일합니다."

많은 식구들이 한집에 살기란 여간 힘든 게 아니었다. 가장 중요한 건 자금의 문제였다. 어렵게 살림을 시작한 터라 돈은 늘 부족했다. 초창기에는 주지 스님의 카드 한 장으로 모든 결제가 이루어졌다. 시장을 볼 때도, 물건을 살 때도. 넉넉지 않은 살림살이를 쪼개 살았다. 희망은 의외의 곳에서 찾아왔다. 홍대선원을 찾는 템플스테이 게스트가 늘었고, 청년들이 시작한 강의가 활기를 띠기 시작했다. 임차료를 내고도 조금의 여유가 생겼다.

"올해 초부터 핵심 스태프들에게 약간의 지원금을 주고 있어요. 명상하면서 즐겁고 건강하고 가치 있게 살 수 있는 대안적 삶의 모델을 만드는 것이 저희의 화두입니다."

크루들과의 동거도 어느덧 2년이 넘어 간다.
이 공간은 어떤 측면에서 놀이터이기도 하고,
삶의 공간이기도 하며, 수행처이기도 하다.
크루들에게도 스님에게도 부딪치며 둥글어지는 시간은
정진의 여정이다.

"청년들이나 기성세대나 같은 고민을 해요. 연애 문제, 취직 문제, 금전 문제 등 기본적으로 신나는 일보다 압박당하는 일이 많아요. 특히 청년 들에게서 볼 수 있는 가장 두드러진 특징은 정신적인 문제입니다. 불면 증이나 우울증을 호소하는 친구들이 많은데 더 큰 문제는 많은 청년들이 약에 의존해서 해결하려 한다는 점이에요. 의외로 많은 친구들이 정신과 약을 복용하고 있고 감정 기복이 심하다 보니 어떻게 대해야 할지 고민 이 많았습니다."

홍대선원을 중심으로 주변에 네 곳의 대학교가 있다. 대부분 1km 내외의 가까운 거리다. 한국 학생뿐만 아니라 외국인 유학생들도 많다. 새롭고 다양한 문화가 집합되어 있는 곳이다. 먹거리와 유희가 있는 곳이다. 그들에게 홍대선원은 오히려 섬 같은 곳이 되어 준다.

"처음에는 다 같이 어우러져 차 마시면서 놀았어요. 그러다가 그들 사이에 문화가 만들어지고 공감대가 형성되면서 친밀감이 생겼지요. 스님들은 댄스나 요가 같은 구설에 오를 만한 수업에는 들어가지 않아요. 이곳의 문화에 익숙해지고 편안해지면 그제서야 서로 대화를 하고 고민에 대한 이야기를 풀어 나갑니다. 한 발 떨어져 있는 것이지요. 이곳에 오는 친구들은 이곳이 섬 같다고 합니다. 편하고 의지가 되는 곳, 젊은 친구들에게 마음을 내려놓고 쉴 수 있는 공간이 되어 주는 것이 저희의 꿈입니다."

청년들에게
수행 경험을 제공하는
특별한 수행공동체

불교계에서 홍대선원은 청년 포교의 새롭고
신선한 시도로 보여진다. 게스트 하우스와
의 접목도 그러하고 오픈과 동시에 실제로
청년들이 이곳으로 몰려왔다는 점도 그러
했다. 참신한 시도와 적절한 시기가 맞물려
새바람을 일으켰다. 하지만 준한 스님에게
는 이번이 첫 경험이 아니다. 청년들을 위
한 수행공동체에 대한 고민은 이미 출가*
이전부터 해 왔던 부분이다. 출가 전 재가
불자로서 수행공동체를 이끌었던 경험은
훗날 스님의 출가에 결정적으로 작용했다.

* 번뇌에 얽매인 속세의 생활에서 벗어나
  불교 수행자로서의 삶을 시작하는 것.

준한 스님은 현각 스님과의 인연으로 출가했다. 수행에 대한 관심으로 2000년 화계사 국제선원 안거*를 시작으로 꾸준히 수행해 오다 2005년 현각 스님의 불교TV 『금강경』 영어 법문에 대한 한글 자막 작업을 하면서 출가를 결심했다.

"미국에서 학업을 이어 가다 생사 문제에 직면했습니다. 학업이 해결해 줄 수 없는 문제였지요. 룸메이트와 주변 지인들을 모아서 수행을 시작했어요. 법복과 같이 통이 넓은 바지를 입고 삭발했는데 외국인 친구들에게는 그게 멋스럽게 보였나 봐요. 비슷한 복장으로 여러 명이 1년 넘게 새벽예불을 하면서 같이 수행했어요. 작은 원룸에서 꽤 오랫동안 모임이 이어졌죠."

이후 2005년 한국에 들어와 출가했다. 해인사 승가대학(강원)**과 율학승가대학원(율원)***을 졸업하고 해인사 외국인 템플스테이 지도법사를 거쳐 10여 년 동안 종단의 수계산림 등에서 스님들의 습의사(교육자)로 활동했다. 청년들을 위한 공간을 만들겠다는 계획은 이미 오래전부터 세웠다. 출가 이전에 했던 수행의 경험과 도반들과 함께 나누었던 값진 경험이 가능성을 검증했다.

"영주 양백정사에서 10년 정도 정진했어요. 거기는 말 그대로 대자연이라 지수화풍이 제대로 살아 있는 곳입니다. 걱정할 게 없는 삶이었어요. 평화로운 곳에서 지내다 갑자기 이렇게 대도시, 그중에서도 홍대 거리로 오게 된 것은 더 큰 수행을 위한 필연이었습니다. 어떻게 펼쳐질지 생각해 봤는데, 파장이 일어났으니 뭔가 있을 것이라 믿었어요. 오는 인연 따라가 보자. 터를 잡고 멍석을 깐 다음에 펼쳐지는 대로 가 보자. 그렇게 홍대선원이 시작되었습니다."

---

* 출가한 승려가 일정한 기간 동안 외출하지 않고 한곳에 머무르면서 수행하는 제도.
** 사찰에 설치된 기본교육기관으로 출가자에게 필요한 자질을 교육한다.
*** 율장 등을 가르치는 승가 전문교육기관.

걱정할 게 없었던 삶은 홍대선원을 만나 180도 변했다. 불자인 건물주가 마음을 내어 준 덕분에 1년 동안은 월세 걱정 없이 인테리어를 진행할 수 있었다. 말이 인테리어지 속된 말로 노가다였다. 건축을 전공했기에 자신감을 갖고 시작했지만 부족한 공사비로 모든 일을 노동으로 대체할 수밖에 없었다. 철거를 비롯한 모든 내부공사를 직접 하느라 인테리어 기간은 늘어만 갔다.

"세법, 종단법, 소방법부터 알아야 했죠. 법인을 만들고 자금을 마련하는 일, 그리고 사람들을 케어하는 일까지 온전히 다 해내야 했어요. 이전의 삶과 비교하면 극과 극이었죠. 하루에도 수십 번의 경계가 찾아왔어요. '모든 경계가 다 내 마음을 크게 해 줄 수행이다.'를 화두로 이겨 냈습니다."

고행이었다. 그 시간을 함께한 건 도반인 백담 스님과 귀중한 인연들이었다. 얼마나 고생스러웠던지 그 불사를 온전히 이룬 백담 스님은 얼마 전 무릎 수술을 했다. 공사 기간 내내 무거운 폐기물을 5층에서 지고 나른 결과였다. 공사가 진행되는 동안 중학교 동창, 고등학교 동창이 하나둘씩 모였다. 반연들이 보태지고 더해져 50여 명의 인연으로 합해졌다. 거기에는 불교라는 종교적 간판이 필요 없었다. 오직 땀과 시간이 결속을 강화시켰다.

"부정적인 불안함에 속지 말자고 생각했어요. 걱정하고 스트레스 받는 건 사치예요. 어떤 경계가 일어나도 흔들리지 않고 재밌게 사는 게 수행인 거예요. 내가 있는 그대로의 힘과 지혜를 갖춘다면 그것 그대로 친구들에게 영향을 미치는 것이지요. 스트레스나 불안함이 없을 수는 없어요. 그런데 수행을 통해 무마시키고 웃음을 잃지 않는 경계를 유지하는 것이지요. 그러니 지금의 삶이 제게는 가장 좋은 수행이고, 친구들에게도 당당한 수행자의 모습을 보여 줄 수 있다고 생각합니다."

온라인 중고장터에서 필요한 물건을 고르고
딱 맞는 자리에 놓는 것,
이것이 바로 불교의 '실용' 정신

홍대선원 곳곳에 스님의 안목이 고스란히
반영되어 있다. 법당에 모신 부처님 뒤에는
후불탱화 대신 거울을 두었다. 차담실 한편
에는 성모마리아상이 놓여 있다. 공양간의
이름은 '비빔라운지'다. 어울리지 않을 듯
어울리는 믹스매치의 조합이 이곳의 매력
이다.
"필요한 물건을 사려고 중고장터를 둘러보
다 판매자를 만났어요. 물건을 가지러 갔는
데 거기에 성모마리아상이 있는 거예요.
한참을 쳐다보고 있는데 판매자가 필요하면
가져가라는 거예요. 모셔 와서 둘 자리를
찾다가 법당 한편에 뒀죠. 보는 사람들마다
의아해서 물어봐요. 왠지 있어서는 안 될
곳 같으니까요. 이곳을 찾는 분들이
모두 불자는 아니니까 그분들 입장에서는
반갑기도 하고 궁금하기도 할 거예요. 그렇
게 대화의 물꼬가 트이고, 마음의 문턱을
낮추는 요소가 되는 것입니다."
곳곳에 생각의 요소들을 심어 두었다.

"거울은 나를 보게 하지요.
불상에 절을 하지만 사실은 거울에 비친 내게 절을 하는 거예요.
수행, 불교 공부는 나를 향한 공부니까 거울을 두었어요.
여기에 있는 모든 거울은 다 둥글어요.
원만한 자신을 보라는 의미가 담겨 있어요."

건축 전공자이면서 큰절에서 오랫동안 살아온 안목이 조화를 이루어 만들어 낸 결과물들이다. 생소하지만 저마다의 의미를 품고 있다.

"불사의 일등 공신은 중고장터예요. 기록을 보니 거래 내역이 500회더라고요. 낮에는 공사하고 밤에는 쇼핑하고, 매일매일이 용맹정진이었죠. 그렇게 하나둘 모여서 홍대선원을 만들어 낸 거예요. 필요 없는 물건이 필요하고, 어울리지 않는데 어울리는 것이 홍대선원답지요."

어느 집에 있었던 물건이든 물건에는 갈등이 없다. 그러나 사람의 문제는 다르다. 여러 사람이 오가고, 여러 사람이 살아가는 공간에서는 끊임없이 갈등이 일어난다.

"이 불사의 가장 큰 핵심은 화합입니다. 승가 내에서도 화합을 가장 중요하게 여기듯이 어우러져 살기 위해서는 화합이 필요합니다. 서로에 대한 존중, 친절함을 투철하게 가지고 있어야 합니다. 갈등이 일어난 다음에는 자기 잘못을 인정하고 사과하는 단계로 이어져야 합니다. 제일 어려운 것입니다. 저희는 늘 참회를 합니다. 스님이 지혜가 부족해서 그런 것이라고 참회를 하면, 대중들도 자기 잘못을 알고 참회해요. 그렇게 상대의 마음을 받고 드러내면서 갈등을 해소하려고 노력하죠. 화합의 근본에는 참회가 바탕이 되는 것이지요."

크루들 중 3분의 1은 수계를 받고 스스로 불자라고 당당히 얘기한다.
또 3분의 1은 관심이 있긴 하지만 긴가민가한 입장이고
나머지 3분의 1은 다른 종교다.
종교도 다양하고, 출가자와 재가자가 섞여 있으니 마치 비빔밥과 같다.
그래서 공양간 이름을 비빔라운지로 지었다.

"운영을 시작한 지 1년 9개월 만에 첫 교리 공부를 열었어요. 그동안에는 불교 교리나 이론, 예절 공부를 최대한 하지 않았어요. 스태프들을 위해 교리 공부가 필요하겠다 싶어서 숭산 스님의 『선의 나침반』을 교재로 삼아 공부를 시작했어요. 화상 수업을 병행하고 있는데 강제적인 수업은 아니에요. 새벽예불 역시 스님들은 꼭 참석하지만 재가자들은 오직 본인의 의지로 참석 여부를 결정합니다. 사실 처음에는 예불이 필수였는데 자율적으로 바꾸고 나니 오히려 서로가 편해졌어요. 열심히 하는 친구들은 더 열성적이거든요."

핵심은 강제하지 않는다는 점이다. 서로의 다름을 인정하고 자율성을 부여한 효과는 크게 나타났다. 울력*도 마찬가지. 스님은 시키는 법이 없다. 대신 허드렛일에는 누구보다 스님이 먼저 나선다. 물론 이곳에 젊은 친구들만 있는 건 아니다. 공양간에는 중장년 불자님들이 큰 힘을 보태고 있다.

"밖에서는 세대 간의 화합을 이야기하잖아요. 저희 프로그램 중에 춤 명상이 있어요. 댄스를 전공하는 학생들이 주축이 되어 만들었는데 여기에 우리 보살님들도 같이 참여하고 있어요. 10대와 60대가 같이 호흡을 맞춰요. 서로 웃고 함께 즐기면서 댄스라는 요소 하나만으로 세대가 화합이 됩니다. 처음에는 어색하다가 수업을 마치고 내려올 땐 웃으며 내려와요. 근처 노인복지관에서 프로그램 문의를 할 정도로 인기가 많아요. 수행과 화합이 하나가 되는 거예요."

* 절에서 여러 사람이 힘을 모아 함께 일을 하는 것.

지금 시대는 불교 걱정할 때가 아니라
내 문제부터 걱정할 때

홍대선원의 궁극적인 목표 중 하나는 '수행 프로그램 개발 연구소'
다. 애초부터 게스트 하우스만을 목적으로 둔 공간은 아니었다.
보이지 않는 가장 밑바닥에 포교라는 거름을 깔아 두고 시작한 일이
었다. 이곳에서 피어나는 모든 것들이 불교를 근본으로 하지 않을
수 없다.

" '포교하자.'는 건 맨 밑바닥에 숨어 있는 비전이에요. 건물에 명상
게스트 하우스를 운영하자는 소박한 꿈은 표면적인 것입니다.
행주좌와 어묵동정이라, 선불교에서는 모든 것이 수행이 될 수 있
는 가르침을 전하고 있어요. 정적인 수행뿐만 아니라 동적인 수행
으로도 접근할 필요가 있어요. 정적인 전통 수행 방법에서 틀을
깨면 청년들이 좋아하는 콘텐츠들이 무궁무진해요. 생각을 다시
바꾸면 청년들이 좋아하는 콘텐츠들이 곧 수행이 되는 거죠. 댄스
나 음악에서 조금만 방향을 틀면 그것 자체가 수행 프로그램이
되는 것처럼요. 실제로 댄스 명상, 소리 명상 등은 하루 만에 수강
생이 꽉 찰 정도로 인기가 있어요."

스님은 청년 포교에 대해 조금 다른 입장을 가지고 있다. 새로운
것이 아니라 익숙한 것에 대한 접근이다.

"이미 명상, 요가, 채식, 환경 등은
홍대 부근에서 보편적인 거리 문화로 자리 잡고 있어요.
불교문화가 아닌 보편적인 문화인 것이지요.
다만 홍대선원은 열려 있는 공간 내에서 청년들이
자유롭게 문화를 누릴 수 있도록 돕는 역할을 합니다."

수행을 경험한 이들 중 일부는 출가의 길에 들어서기도 했다. 수행 프로그램 자체가 일회성에 그치지 않고 출가 발심의 기회가 되는 것이다. 그래서 스님은 더더욱 수행 프로그램 개발에 힘쓰고 있다.

"마음 공부를 하다 모든 두려움은 꿈이라는 것을 확실히 깨달았어요. 그리고 번지점프대에 올랐죠. 그런데 두려움이 생겨서 뛰어내릴 수가 없었어요. 생사 앞에서 경계를 만난 겁니다. 죽음이 아무것도 아니라고 했는데 막상 현실에서는 죽음에 대한 공포가 본능적으로 일어났어요. 번지점프만으로도 수행 프로그램을 만들 수 있습니다. 다양한 액티비티를 활용해 보는 거예요. 스님들은 엄청난 문화자산을 제공하고 청년들은 새로운 트렌드를 창출하는 것입니다."

지금의 크루들이 바로 트렌드를 창출하는 힘이 된다.
"수행자가 출가자가 되어야 한다."는
스님의 신념과도 일맥상통한다.
청년들에게 수행의 경험이 쌓일수록
자연스럽게 출가자도 늘어난다는 것이다.
이는 본인의 경험이기도 하다.

"저는 삭발할 때가 좋아요. 머리를 만졌을 때 맨질맨질한 게 번뇌가 하나도 없는 느낌이에요. 학인 시절, 새벽예불을 앞두고 스무 명 내지 서른 명이 묵언을 하며 기다리는 시간이 있었어요. 찬 바람이 머리를 스치면 모두가 잠든 이 시간 우주에서 나 홀로 깨어 있다는 생각이 들었지요. 출가를 한 번도 후회한 적이 없어요."

온전히 나에게 집중하여 내 문제를 해결하는 것, 불교를 걱정할 일이 아니라 내 문제부터 해결하는 것이 급선무라고 강조했다.

"세상은 그때나 지금이나 다름없이 힘든데 내가 변한 것이지요. 쉽게 외풍에 흔들리지 않고 강한 마음, 유연한 힘이 생겼어요. 어쩌면 수행이란 가장 이기적이면서 가장 이타적인 행위입니다. 내면을 깊게 바라볼수록 세상을 넓게 바라보는 힘이 생겨요. 템플스테이를 하러 온 사회복지사를 만난 적이 있어요. 이타적인 마음으로 복지사 일을 시작했지만 현실은 그렇지 않아서 무너질 일이 많아요. 그래서 자기 마음부터 챙겨야 하는 거예요. 자기 마음을 지혜롭게 챙길수록 힘이 생겨서 이타적인 마음을 지킬 수가 있어요. 그게 수행의 힘입니다."

내면에 힘이 쌓여 결국에는 사회에 긍정적인 반향을 일으킬 수 있다는 것. 스님의 젊은 날, 그 시절을 지탱해 주었던 수행의 힘이 이곳 홍대선원 청년들에게도 반영되고 있다. 홍대선원은 어느새 청년들의 힙한 수행처로 자리매김하고 있다.

epilogue

청년 공감
　　×풍부한 수행
　×출가자의 삶

출가를 한 번도 후회한 적은 없어요.
수행하다 보면 출가가 하고 싶어져요.
풍부한 수행 경험이
더욱 확고한 출가자로서의 삶을 일러 줄 겁니다. ☺

준한 스님 인터뷰

군복 입은 비구니

비구니 군법사
준제 스님

삭발한 여군

대인스님

스님도 군인이 될 수 있다?

그렇다면 군인도 스님이 될 수 있다!

균재 스님은 2세대 비구니* 군법사다.

군법사는 군에서 장병들을 대상으로 포교 활동을 펼치는 포교사이다.

스님은 조계종단과 군부대 두 곳에 소속되어 있다. 스님이면서, 군인이다.

청춘의 성지 군부대 안에서 고군분투하는 균재 스님의 일상이 궁금하다.

---

* 여자로서 출가하여 348가지 계율을 받아 지니는 스님.
  남자로서 출가하여 250가지 계율을 받아 지니는 스님은 비구라고 한다.

균재 스님은 육군 수도기계화보병사단 군종법사 대위다. 스님은 여군 군종법사 제도가 도입된 다음 해인 2015년 임관했다. 군종법사가 되기 위해서는 대한불교조계종에서 사미(니)계* 이상의 승적을 수지하고, 중앙승가대학교 또는 동국대학교에 재학 중이거나 졸업한 스님이어야 한다. 이후 충북 괴산에 있는 육군학생군사학교에 입교해 7주간의 기초군사훈련을 받은 후 임관하게 된다. 균재 스님은 동학사 승가대학(강원)과 동국대학교를 졸업한 후 군종법사에 자원했다.

육군본부에 군종병과가 생긴 건 1951년이었다. 장병들의 무형전력 극대화를 위해 만들어진 제도였다. 그러나 당시 군목사와 군신부가 139명이었던 반면, 군승은 단 한 명도 없었다. 이후 종단의 끊임없는 요구와 노력 끝에 1968년 첫 군법사가 탄생했다. 그리고 2014년 첫 비구니 군종장교 명법 스님이 임관했다. 다음 해 2세대 비구니 군법사 스님들이 연이어 역할을 맡았다. 조계종에서는 군종교구를 별도로 둘 만큼 군 포교에 적극적이다. 군종교구에서는 군법사를 파견하고 장병들을 대상으로 다양한 포교 활동을 전개하고 있다.

---

* 출가 후 비구(니)계를 받기 전의 승려가 받아 지니는 열 가지 계율.

균재 스님은 출가한 지 20년,
군 생활을 시작한 지 10년이 되어 간다.
출가 인생의 절반을 군에서 보낸 스님,
군법사 생활은 어떨까?

군에서 유일하게 삭발이 허용된 보직,
고무신 대신 군화가 처음에는 어색했지만
이제는 익숙한 삶의 일부.

60여 년 군종의 역사 중에서 비구니스님의 군종 역사는 매우
짧다. 명법 스님을 시작으로 비구니스님의 군종법사 진출이 늘
기는 했지만 군의 모든 규정이 비구스님을 기준으로 제정되었
을 뿐만 아니라 남성 중심의 군조직 내에서 비구니스님이 처한
환경은 열악했다. 명법 스님이 최초의 비구니 군승으로 임관할
당시만 해도 '여군은 머리를 기르고 검은색 망으로 묶어야 한
다.'는 내규가 있었다. 여자 화장실 수도 부족했으니 열악한 상
황을 짐작할 수 있다. 초기 비구니 군승으로서 승가의 위의와
맞지 않는 규정을 재정립하는 데만 해도 큰 노력이 필요했다.
임관식에서는 치마 정복을 갖춰야 한다는 것도 당황스러운 규
정이었다. 다행히 다방면의 노력 끝에 삭발이 허용되고 치마 정
복을 입지 않아도 되도록 규정이 수정된 건 가장 큰 변화였다.

" '군종장교가 되면 군 포교를 할 수 있겠구나.' 딱 그 생각만 하고 지원했
어요. 지원서를 제출하고 면접을 볼 때까지만 해도 뒤에 어떤 절차가 있
는지 전혀 몰랐어요. 합격 통지를 받고 괴산의 육군학생군사학교에서 기
초적인 군사훈련을 받았는데 깜짝 놀랐죠. 갑자기 승복을 군복으로 갈아
입으라고 하고, 군화를 신으라고 하고, 이리 뛰고 저리 뛰고 데굴데굴 구
르는데 생각지도 못한 상황이었어요. 출가하고 아주 오랜만에 달리기란
걸 해 봤다니까요. 반바지도 처음 입었는데 얼마나 민망하고 어색하던지
'이게 군대라는 곳이구나, 매우 낯설다.' 생각을 했죠."

포교에 대해서만 생각했지
군 생활에 대해서는 잘 몰랐다.
사전에 군종교구에서
예비군승교육을 받았지만
현실은 달랐다.

법당은 생각보다 더욱 열악했고, 스님을 쳐다보는 군사들의 눈빛에는 경계심이 가득했다. 늘 어른스님과 불자들 사이에 둘러싸여 있던 바깥 세상과는 전혀 다른 곳이었다.
"절에 있을 때는 불교에 호의적인 사람을 많이 만나잖아요. 그런데 군은 그렇지 않아요. 군인들은 의무적으로 종교활동 시간을 가져야 하니 법당에 오긴 하는데, 딱 거기까지예요. 독실한 불자라거나 확실한 종교적 입장으로 오는 친구들은 별로 없어요. 늘 호의적인 사람들만 만나다가 그렇지 않은 사람들 속에 들어오니까 처음에는 그 부분이 제일 낯설었어요. 경계심으로 쳐다보는 눈빛이 느껴졌죠. 생각해 보면 포교 현장에 제대로 들어온 거죠."

일요일, 법회 시간이 다가오자 장병들을 태운 차량이 하나둘 도착했다. 신발장에는 군화가 정갈하게 차곡차곡 놓였다. 정해진 것은 아니었으나 다들 묵언으로 법당에 들어갔다. 법회는 체계적으로 진행되었다. 군종병은 정해진 식순에 따라 사회를 보고, 반야심경과 삼귀의는 영상으로 안내되었고, 장병들은 전면에 설치된 영상을 보며 따라 했다. 스님의 법문은 20분 내외. 법문의 주제는 '수해 희생자들을 향한 추모'였다. 짧은 법문이 끝난 후 사홍서원이 이어졌다. 법회는 40분이 채 되지 않았다. 장병들이 문밖에서 군화 끈을 묶는 동안 스님은 먼저 나가 간식을 챙겼다. 법회는 비교적 짧고 간결했다.

"아무래도 대부분 20대이다 보니 법회가 지루하지 않도록 하는 게 중요하죠.
군종교구에서 정해 준 정형화된 프로그램과 더불어
그때그때 장병들이 관심을 가지는 분야를 법문 주제로 삼고 있어요.
초임 군법사였을 때는 청년들과 나이가 비슷하니까 공감대 형성이 잘 됐어요.
장병들의 나이는 그때나 지금이나 20대 초반인데, 저만 나이가 들다 보니
그들의 관심사를 일부러 찾아보고 이해하려 노력하며
장병들이 쓰는 말투까지 배워야 했지요."

스님은 20대에 군종법사에 자원했다. 막연한 시작이었지만 경험이 쌓아 올린 시간은 오늘날 전문적인 군법사로 성장케 하는 밑거름이 되었다.

"처음에 주도적으로 법회를 이끌어 갈 승랍은 아니었어요. 군법당에 와 보니 제가 법회를 주관해야 하는 입장이 된 거라 막막하기도 했어요. 부족한 부분도 많이 보였죠. 그래서 상담이나 대화법, 강의법, 설법을 위한 경전 공부 등 뒤늦게 준비를 시작했어요. 청년 장병들의 눈높이에 맞추되 조금 더 체계적으로 접근할 필요성을 느끼게 되었지요. 상황이 나를 성장시킨 거죠."

스님은 실제 포교의 현장에서 부족한 부분을 채워 나갔다. 주말마다 열리는 법회를 위해 일주일 동안 법문 자료를 정리하고 살펴보는 일이 일상이 되었다. 준비하는 것만큼 병사들의 반응도 달랐다.

아무것도 고민할 게 없었다.
나는 포기할 필요가 없는 출가를 했다.

물론 처음부터 군법사가 되리라는 계획은 없었다. 인연에 따라 흐르다 보니, 어느새 양손에 군복과 승복이 들려 있었을 뿐이다. 하지만 출가의 결심은 확고했다. 계획된 일이었고, 오랜 준비 끝에 사문의 길에 들어섰다.

"열일곱에 출가를 결심했어요. 어릴 때부터 절에서 자랐는데, 그때 어른 스님들의 모습을 보면서 '아, 나도 저렇게 살고 싶다.'고 늘 생각했죠. 스님들은 언제나 온화하셨고 감정의 기복 없이 안정적인 모습이셨고, 다정하셨어요. 어느 상황에서도 불안하거나 흔들림이 없는 모습을 닮고 싶었어요. 그런데 정작 출가하고 싶다고 말씀드렸더니 처음에는 만류하셨어요. 출가보다는 재가불자로서 불교 관련 일을 하며 사는 게 어떻겠냐고요. 불교유치원 교사 같은 일이요."

스님의 삶을 단순히 모방하고 싶었던 건 아니다. 열일곱, 삶의 허무가 찾아오면서 출가에 대한 믿음이 확고해졌다.

"삶이 허무하고 무상하다는 생각이 들었어요.
친구들이랑 웃고 떠들다가도 갑자기 적막해지고 우울해지는 느낌이었죠.
불안감이 찾아왔어요. 이렇게 사는 건 행복할 것 같지 않다는 느낌이었어요.
졸업도 하기 전에 출가부터 하고 싶었는데
스님께서는 출가는 졸업하고 하라고 하셨어요.
하지만 하루도 늦추기 싫었어요. 그래서 자퇴하고 고등학교 검정고시를 봤죠."

워낙 어릴 때부터 봐 온 아이라 어른스님들의 애정도 남달랐다. 염려도 되었지만 발심의 불을 끌 방법은 없었다. 그렇게 균재 스님은 열일곱에 출가했다.

"3년 동안 행자로 살았어요. 행자•생활을 마치고 사미니계를 받고 나서 다시 3년 정도 절에서 소임을 봤어요. 그렇게 총 6년이 지나서야 스님들께서는 제 마음이 흔들리지 않을 거라 보셨던 것 같아요. 그 후로 동학사 강원에서 4년 동안의 공부를 마치고, 2011년 동국대학교 불교학과에 입학했죠."

강원에 들어가기 전 6년이 스님에게는 가장 혼란스러운 시간이었다. 여느 스님들이 행자 기간을 마치고 바로 강원에 입방하는 것과는 달랐다. 한참이나 느리고, 먼 길을 돌아갔다.

" '이게 맞나, 이러려고 출가했나.' 하는 생각이 들었어요. 무엇보다도 내가 잘하고 있는지에 대한 확신이 없었죠. 출가하면 바로 스님이 될 줄 알았는데 과정이 너무 길었으니까요. 하루에도 몇 번씩 짐을 쌌다 풀었다 했죠."

• 출가하여 아직 계를 받지
않은 예비 사미(니).

45

"마음이 저절로 나기를 기다리지 마라. 네가 마음을 자꾸 내어야 한다."
라며 은사스님은 균재 스님의 들뜨는 마음을 계속해서 다잡아 주셨다.
"머리를 깎았으니 계는 받아야지. 강원은 가 봐야지. 그런 생각으로 시
간이 지났어요. 돌이켜 보면 새중 때 지은 복이 평생 중노릇할 거름이
되지 않았나 싶어요."

기다렸던 만큼 강원에서의 생활은 즐거웠다. 오히려 긴 기다림이 스님
에게는 에너지가 되었다. 많은 것을 익힐 기회였고, 더 깊이 있는 공부
를 위해 대학교 진학까지 이어졌다. 물론 군법사의 길을 택하는 데도
좋은 경험이었다.

"군에서는 강원에서의 교육을 사회 경험으로 인정하지 않아요. 여느 비
구스님도 그러시겠지만, 비구니스님은 반드시 강원을 나와야 한다는
어떤 암묵적인 철칙이 있어요. 강원 입방하기 전의 6년, 강원에서의 4년
해서 10년 이상의 경력이 있지만 군대에서는 동국대학교 불교학과 4년
만 인정해 줍니다. 승려 경력이 4년 이상 되어야 하기 때문에 오히려
대학을 먼저 갔더라면 조금 더 일찍 시작할 수 있었겠지요."

빨리 시작하라는 의미는 아니다. 다만 군법사의 특성상 젊은 장병들과
의 소통이 중요한데 나이가 젊을수록 친밀감을 갖기에 유리하다는 것
이다. 또 군 포교를 염두에 두고 있다면 반드시 일반 대학 진학을 준비
해 두어야 한다. 물론 전통 강원에서의 교육과정을 인정하지 않는다는
점은 시정되어야 하지만 현 제도로서는 한계가 있다.

"출가를 위해 포기한 것은 없어요.
포기할 필요가 없었기도 했죠.
내가 원하는 삶을 위해 스스로 선택하는 것이니 포기할 게 없어요.
누군가는 출가자의 삶이
많은 것을 포기하고 살아가는 것이라 여길 수도 있지만,
저는 지금 포기한 것보다 얻은 게 더 많은 걸요.
만약에 출가하지 않았더라면
기꺼이 포교에 마음 내고, 이렇듯 무모한 도전을 해 보고,
삶이 완성되어 가는 과정 자체를 즐길 수 있었을까요?"

출가 전과 후
입대 전과 후
세상을 보는 안목이
완전히 바뀌었다.

출가 이후에도 줄곧 큰절에서만 살아온 스님이다. 출가 본사에는 늘 어른 스님들이 계셨고, 강원을 다니는 동안에는 늘 많은 도반과 선후배 스님들이 있었다.

"출가 전에는 출가자들을 보면 너무나 수승하고 존경스러운 마음이 들었어요. 한편으로는 단순하고 무료하진 않을까 하는 편견도 있었지요. 막상 제가 출가자가 되고 보니 백조와 같았어요. 겉으로는 평화로워 보이지만 물속에서는 끊임없이 발헤엄을 멈추지 않아야 한다는 거지요. 평화로움 이면에 광대무변한 삶이 펼쳐져 있었죠."

짧은 행자 생활을 마치고 강원에 들어가는 동기가 많았지만, 스님에게는 유독 긴 행자 생활이 이어졌다. 지칠 법도 했다. 그러나 내심 큰절의 그늘이 평화롭고 좋았다.

"그때는 대중들의 외호 속에서 내가 잘하는 일만 하면 되었어요. 물론 힘든 시기도 있었지만 주변에서 도와주시는 분들이 많아서 편안한 분위기였지요. 대중 속에 있을 때는 밖을 보고 살 필요가 없었으니 어느 순간에 항상 고여 있다는 느낌이 들기 시작했죠."

당시 어린이·청소년 법회를 통해 포교의 즐거움을 알아 가고 있던 차였다. 세상을 향해 좀 더 나아가기 위한 고민을 하다가 청년 포교에 눈을 떴다.

"긴 시간 공부를 하면서 매 과정이 쉽지 않았어요. 어른스님께서 이때 짓는 복으로 평생 중노릇을 한다는 말씀을 하셨는데, 그 말씀이 항상 귓가에 맴돌았죠. 승가교육 과정을 마친 후 출가자로서 나도 좋고 남도 좋은 복을 지으려면 어떻게 해야 할지 고민이 많았어요. 마침 어린이 법회를 맡고 있었는데 포교를 한다는 즐거움이 있었어요. 그래서 자연스레 청년 포교를 해 봐야겠다는 결심이 섰어요."

밖에서는 나를 볼 기회가 없었다. 잘하고 있는지, 어디까지 왔는지에 대한 점검이 필요했다. 군법사가 되어 청년 포교에 도전하는 일이 바깥의 경계라 생각했다.

"여기서는 온전히 제가 해야 할 일만 있어요. 도와줄 사람도 없이 고군분투해야죠. 나를 점검하는 건 온전히 내 몫이에요. 절 안에서는 자기 공부도 가능하고 힘들 땐 금방 치유할 수 있는 힘이 있었어요. 하지만 여기서는 회복도 자신의 몫이에요. 낯선 사람들과 끊임없이 만나고 부딪치는 경계를 통해 공부가 이뤄지는 거죠. 군법사로의 길은 잘한 선택이었다고 생각해요. 단단한 인연으로 무르익어 갈 수 있고 제가 스스로 성장하고 있다는 생각이 들어요."

포교라는 원대한 목표가 있지만 경계에 끄달리지 않고 수행자의 입장을 견지하며 살아간다는 게 쉽지는 않다.

"지속적인 군 포교를 위해서 수행자로서의 바른 신심과 올곧은 사명감이 가장 필요하다고 생각합니다. 군종법사로서 해야 할 역할에 충실히 임하면서 할 수 있는 역량을 최대한 발휘해서 최선을 다하려고 합니다. 어릴 때는 재가자와 출가자 사이의 어중간함 속에서 내가 잘하고 있는 건지, 잘못하고 있는 건지 항상 번민하곤 했어요. 하지만 조금은 무식하게 참고 견디다 보니 어느새 혼란스럽던 시기는 다 지나간 것 같아요. 인연이 되는 날까지 열심히 해 보려고요."

대부분의 청년들은
대중매체를 통해 알려진
출가자를 만난다.
자신의 삶에서 어쩌다
스님을 만나는 일조차도
흔치 않다.

곁에서 직접 대화를 나누는
스님이 있다는 것만으로도
그들에게는 굉장히 생소한
일인 것이다.

어렵게 만난 인연을 이어
불연을 맺게 하는 일이
스님의 역할이다.

미디어 속 스님 말고
삶에서 만나는 스님이 되고 싶다.

군법회는 주로 일요일에 열린다. 스님은 매주 일요일 호국 연호사를 비롯해 두세 곳의 군법당에서 법회를 한다. 1회 법회에 참석하는 대중은 100명 내외. 주말에만 300~400명의 병사들과 마주한다. 이제는 꽤 많은 병사들과 익숙해져서 대화를 편하게 나눌 정도가 됐다. 소소한 연애사부터 전역 후의 진로까지. 짧은 시간이지만 서로의 만남은 그들에게도, 스님에게도 소중한 시간이다.

"콩보다 큰 체에 콩을 걸러요. 탈탈 털면 콩이 몇 개 안 남겠죠. 밑 빠진 항아리에 물을 붓는데 물이 철철 새요. 그나마 모퉁이에 물이 좀 고이겠죠. 그것이 포교 같아요. 많은 사람들을 만나지만 그중에 불교와 인연이 될 수 있는 사람은 정말 소수예요. 어떤 사람은, 그렇게 안 건져지면 차라리 다른 방법을 찾는 게 어떻겠느냐 얘기하기도 하겠지요. 그런데 한두 명을 건지더라도 참된 불자를 건질 수 있다면 소홀히 할 수 없는 거죠.

법회를 이루는 모든 것이 시주 아닌 것이 없어요. 불자님들이 십시일반 모아 주신 정성으로 병사들에게 나눠 줄 수 있는 것입니다. 장병들에게 얘기해요. '군복무 잘하고, 무사히 전역하고, 나아가 불자로 살지는 않더라도 법당에서 보낸 시간이 좋은 기억이 되면 좋겠다.' 그것이 곧 시주의 은혜에 답하는 길이라고요. 젊은 청년들에게 그 정도의 씨앗이라도 심어 줄 수 있다면 언젠가는 어떤 방식으로든 개화하지 않을까 싶어요."

일요일은 군에서도 쉬는 날이다. 법당에 올 때는 전투복 차림으로 와야 한다. 활동복을 입고 있다가 전투복으로 갈아입고 나오는 것만으로도 이미 한 생각을 했다는 것이다. 군복을 입고 어디론가 가는 게 얼마나 힘든지 스님은 이해하고 있다.

"얼마나 대견해요. 쉬고 싶은 걸 참고 왔는데, 그것만으로도 대단한 거예요. 내가 전하고 싶은 부처님의 가르침이 삶에 온전하게 부합될 수 있도록 최선을 다하는 게 그들의 용기에 답하는 거죠."

큰절에서 나와 군법사 생활을 시작한 지도 10년이 다 되어 간다. 처음 임관했을 때는 무엇보다 승가에서 너무 분리되어 있지는 않나 하는 생각 때문에 불안감이 컸다.

"세속에 너무 나와 있잖아요. 처음 출가했을 때, 새중 때의 마음을 잃어 가고 있지는 않나 혼자서 많이 불안하기도 했어요. 수행자가 수행과 멀어지면 안 되는 거니까요. 그때마다 어른스님과 도반 스님들은 제가 필요한 일을 하고 있는 거라고 말씀해 주셨어요. 열심히 사는 것이 다른 어떤 이익이나 명예, 부를 위함이 아니라 오직 포교를 위한 일이니 이것 역시 수행의 과정인 거죠."

내 공부를 위해 선택한 출가의 길이었다. 군법사도 하나의 과정일 뿐, 스님은 소임 이후의 삶을 다시 고민하고 있다.

"나이가 전부는 아니지만 다 때가 있는 것 같아요. 60~70대가 돼서 군 포교를 하라면 글쎄요, 자신이 없어요. 나이가 어릴 땐 어린이 포교가 잘 맞았고, 20~30대에는 군 포교를 잘 할 수 있었죠. 고군분투하면서 낯섦과 어색함을 이길 수 있는 나이니까요. 지금의 나는 하얗게 불태워도 승단이라는 돌아갈 곳이 있어요. 그 믿음만 있으면 어떻게든 아낌없이 다할 수 있어요."

epilogue

출가는 무언가를 포기하는 것이 아니라
많은 것을 획득하는 것입니다.
젊은 출가자일수록 다양한 활동의 기회가 열려 있어요.
출가자로서 부끄럼만 없다면 어떤 포교 현장이든,
부처님 가르침에서 벗어나지 않고
살아갈 수 있다고 생각합니다. ☺

빠른 출가
  ×다양한 기회
 ×삶의 완성 그 자체

균재 스님 인터뷰

방구석 1열에서
어디든 가고 보는
유튜브 시대,

대신 | 절에 갑니다

불교 유튜브 크리에이터

무여 스님

\# 불교 유튜버
\# 불교 크리에이터

무여 스님은 1세대 불교 유튜버, 불교 유튜브 크리에이터로 활동하고 있다. 5년 여의 시간 동안 5만여 명의 구독자가 생겼고 스님이 미치는 영향력도 커졌다. 크리에이터Creator가 대세다. 창작자를 뜻하던 기존의 의미를 넘어 온라인 플랫폼 콘텐츠 제작자로서 젊은 층이 선망하는 일이 되었다. 크리에이터의 세계는 다양 해서 어떤 단어와 함께 쓰느냐에 따라 범위가 확장·축소된다. 크리에이터의 세 계는 어떨까. 스님이자 크리에이터로 살아가는 건 어떤 모습일까.

"아름다운 사찰 여행,
오늘도 저와 함께 즐겁고 행복한 마음으로
출발해 보도록 하겠습니다."

오프닝 멘트와 함께 시작하는 유튜버 무여 스님의
영상기록이다. 5만여 명의 구독자를 보유한 무여 스님
의 유튜브 <무여스님TV>는 2019년 3월 3일 사찰
순례를 콘텐츠로 채널을 오픈해 현재까지 누적 조회
수 440만 회에 이르는 불교계 대표 유튜브 채널이
다. 채널을 운영한 지도 벌써 5년이 되어 가고 홀로
떠나던 여행길에는 수많은 동행이 생겼다.

무여 스님은 어떻게 유튜버가 되었을까.
아니 스님은 어떻게 그런 용기가 났을까.

59

도전도 빠르고
포기도 빨라요.

출가를 향한 도전은 열일곱 살에 시작되었다. 스님에 대한 막연한 동경과 『금강경』 이 두 가지가 스님을 이끌었다. 평소 알고 지내던 스님들은 어린 스님에게 늘 좋은 말씀을 들려주셨다. 학업의 중요성보다는 삶을 어떻게 살아가야 할지에 대한 담론이었다. 대화가 이어지면 사색의 꼬리도 길어졌다. 꼬리에 꼬리를 물며 학교 공부보다는 인간 본연의 삶에 대한 관심이 높아졌다. 다음 요소는 대한불교조계종 소의경전인 『금강경』이었다. 어머니를 따라 김재웅 법사의 금강경 강의를 듣게 됐다. 한문으로 된 경전을 독송하는데 한마디도 알아들을 수 없었다. 강의를 듣고 나서 법사님을 찾아 물었다. 돌아온 답은 스님에게 확신을 주었다.

"아, 이 경전 안에 모든 가르침이 있구나. 이곳에 진리가 있구나. 내가 공부해야 할 것이 바로 여기에 있다는 생각이 들었어요."

어머니를 따라 이곳저곳 많이 다녔다. 명상학교에서 명상 수업을 듣고 여러 스님들과의 차담을 통해 길을 찾는 느낌이었다. 특히 번뇌로운 마음을 내려놓고 참선하는 시간은 가장 특별한 경험이었다.

'나는 출가해서 참선을 해야겠다.'고 결심했다. 열아홉 살이었다.

출가는 시작,
어느 길을 택할 것인지
다시 고민하기 시작했다.

"그렇게까지 일찍 출가를 할 생각은 없었어요. '출가하겠습니다.'라고 선언하고 나니까 갑자기 주변에서 모든 걸 일사천리로 진행시켜 주셨어요. 그러니까 마음먹고 진짜 머리를 깎기까지는 채 며칠이 걸리지 않았어요. 원래는 여행도 하고 놀다가 출가하려 했는데, 이렇게 빨리 해도 되나 싶을 정도였어요."

입산하기 전날 집에서 3000배를 했다. 3000배도 하는데, 더 이상 못할 일이 뭐가 있겠느냐는 의지의 재확인이었다. 절대 돌아오지 않겠다는 각오였다. 행자 생활을 마치고 운문승가대학에 입학했다. 승려로서 살아가는 기초과정은 승가대학(강원)에서 이뤄진다고 생각했다. 쉽지는 않았지만 즐거웠던 추억만 가득했던 배움의 시간이었다. 졸업에 즈음해서 여러 도반스님들과 대화를 나눴다. 이야기의 주제는 '앞으로 무엇을 할 것인가.'였다.

"깨달음을 얻고자 하는 하나의 목표는 뚜렷하지만 어떻게 나아갈 것인가에 대한 문제는 또 다른 것 같아요. 저는 당연히 사교입선捨敎入禪하리라 생각했어요. 교리를 다 배웠으니 곧바로 선원에 들어가 참선하는 것이 다음 과제라고 생각했지요."

졸업 후 선원에서 2년 동안 정진했다. 그리고 얻은 해답은? "저는 포기도 빨라요." 참선* 정진이 어려웠던 건 아니다. 참선 이외에도 전법과 포교를 위해서 다른 도전을 더 해 봐야겠다는 생각이 들어서 곧바로 인연이 닿아 경남 남해 학림사에서 총무 소임을 살게 되었다. 출가 이후 신도들과 직접 만날 일이 없었던 스님에게 학림사에서의 4년은 매우 의미 있는 시간이었다. 특히 어린이·청소년 법회를 통해 아이들과 청년들을 만나면서 앞으로 나아갈 길을 정확하게 파악할 수 있었다.

"제가 모르는 질문을 받았을 때,
쉽게 답을 해 주기가 어려웠어요.
내 지식이 생각보다 많이 얕았구나 하는 생각이 들었죠.
그래서 불교를 알기 쉽게 전할 수 있는 방법들에 대해
고민하게 되었어요."

---

* 자신이 본래 갖추고 있는 부처의 성품을 꿰뚫어 보기 위해 앉아서 수행을 함.

'지금 내가 하는 공부가 책 속에만 있는 것은 아닐까? 다른 사람에게 도움이 되지 못하는 공부가 어떤 의미가 있을까?' 이런 의문들이 머릿속을 맴돌았다. 다시 공부를 시작했다. 동국대학교에서 학사와 석사, 박사 학위 과정을 마쳤다. 요가와 심리상담 등 포교에 필요한 전반적인 공부도 병행했다. 포교에 필요한 다방면의 지식을 함께 갖추는 일이 중요하다고 생각했다.

"출가하기 전에는 막연히 수행자가 되어서 깨달음을 얻어야겠다고 생각했어요. 하지만 이곳도 승가공동체라는 사회 집단이고, 그 안에서 각자가 어떻게 살아야 할지는 자신의 결정에 달려 있어요. 저 역시 제가 잘하는 것을 찾아야 했고, 포교와 전법이라는 길을 택하게 된 것이지요."

출가해서 부처님 밥을 먹었으니 밥값을 해야 한다는 것이다. 그래서 스님은 포교와 전법을 통해 다른 사람들에게 귀중한 불교의 인연을 맺어 주는 것을 자신의 역할로 받아들였다. 특히 학림사에서 어린이 포교를 하며 경험한 일들은 확신을 심어 주기에 충분했다.

"일 년에 네 번, 아이들과 함께 사찰 순례를 다녔어요. 어떤 프로그램을 해야 아이들이 좋아할까, 어떤 말을 해야 잘 받아들일 수 있을까. 이런저런 고민을 하며 방편*을 찾아갔어요."

스님에겐 그게 유튜브였다.

---

* 중생을 구제하기 위하여
　쓰는 수단 또는 방법.

유튜브는 나에게 극기.
참고 견디는 시간 지나니
가장 강력한 포교 수단이 되었다.

" '1인 방송' 시대가 되면서 누구나 손쉽게 영상을 찍어 공유할 수 있다는 것에 큰 매력을 느꼈어요. 몇몇 유튜브 영상을 찾아보니 왠지 나도 할 수 있을 것 같았죠. 일단 무엇을 주제로 영상을 만들지 고민했어요. 나의 관심사가 무엇이지? 내가 좋아하는 것을 곰곰이 생각해 보니 여행과 촬영이었어요."

"우리나라의 사찰에는 많은 문화재와 역사와 이야기가 담겨 있어요.
어려운 교리 대신 사찰의 아름다움과 가치를 영상으로 보여 준다면
불교를 알리는 데 도움이 될 것 같았습니다."

스님의 관심사와 취향이 합쳐지니 유튜브라는 결론에 도달했다. 불자가 아
니라도 누구나 낮은 눈높이에서 불교와 가까워질 수 있는 콘텐츠로 사찰
순례를 정했다.

영상을 찍어 본 적도 편집해 본 적도 없는 완전 생초보였다. 어디서부터 시
작해야 할지 난감했지만 일단 주제를 정한 이상 어떻게든 끼워 맞추는 수
밖에 없었다. 액션캠을 구입하고 무작정 절로 향했다. 108곳의 사찰을 순
례하겠노라 원대한 목표를 세웠지만 참배와 촬영은 엄연히 다른 문제였다.
모든 것이 낯설었다. 출가했을 때처럼 다시 행자가 된 것 같았다.

첫 촬영부터가 고난이었다. 우리나라에서 가장 오래된 사찰, 전등사를 목적지로 정했다. 액션캠 하나 들고 호기롭게 나섰다. 추운 날씨쯤은 호호 부는 입김에 날려 버렸다. 그러나 결과는 처참했다. 돌아와서 확인하니 영상 중 1분, 1초도 쓸 수 있는 게 없었다. 완전 망했다. 시행착오는 있었지만 포기는 하지 않았다. 도전도 빠르고 포기도 빠른 스님이었지만, 스님에게는 아직 도전이 끝나지 않았다.

"비싸고 좋은 장비보다 사용하기 편하고 가벼운 것으로 골랐어요. 작은 캠코더와 삼각대, 액션캠, 녹음기 등 필수 장비만 먼저 구입했습니다. 액션캠은 가볍고 휴대하기 좋아서 초반 영상은 거의 액션캠 하나로 촬영했죠. 편집 프로그램은 '프리미어 프로'를 사용하기로 하고 책과 영상을 통해 사용법을 익혔어요. 처음에는 너무 힘들고 어색했지만 영상을 잘라 연결하고 배경음악을 넣는 법까지 차근차근 배워 나갔지요."

지금은 108곳이 넘는 사찰 순례를 마쳤다. 목표 이상을 해낸 것이다. 거기에 콘텐츠도 다양해졌다. 액션캠 하나로 시작했던 유튜브는 이제 구색을 갖췄다. 전문 촬영감독님의 도움도 받고 있다. 더 큰 변화는 혼자가 아니라는 점이다. 많은 사람들이 스님의 동행에 함께하고 있으며, 보이지 않는 곳에서 응원하는 그림자 동행인들도 늘었다.

어려웠지만 포기하지 않았다. 막연하게만 느껴졌던 다짐이 하나둘 실현되었다. 유튜브의 강점은 피드백이다. 스님은 구독자들의 댓글을 통해 포기하지 않고 해야 할 이유를 찾을 수 있었다. 그게 힘이 되었다.

"구독자들의 댓글을 통해 힘을 얻었어요.
어떤 분은 몸이 불편해서
집 밖에 나갈 수 없는데
화면을 통해 사찰 여행을 대신하는 것 같아
고맙다고 하셨어요.
또 어떤 분은 외국에서 살고 있는데
한국의 모습이 그리워서
제 영상을 찾는다고 하셨어요.
세상에 쓰임이 되는 영상이구나,
내 노력이 헛되지 않았구나.
더 많은 분들을 위해 가치 있는 일을
지속해야겠다고 생각했어요."

관심사와 취향은 일치했지만, 성향에 딱 맞는
건 아니었다. 남 앞에 나서기를 주저하고 혼자
있는 시간을 좋아했던 스님이었다. 타인을 향
했던 렌즈가 자신을 향하니 쥐구멍에라도 숨
고 싶었다. 대본을 아무리 꼼꼼하게 챙겨도 목
소리는 기어 들어갔다. 내성적인 성격에 유튜
버는 어울리지 않는 것 같았다.

"채널을 개설하고 운영하는 것보다
저를 이겨 내는 게 더 큰 도전이었고,
부끄러움을 극복하고
당차게 말을 이어 가는 것도 과제였어요.
처음에는 정말 힘들었죠.
그런데 횟수를 거듭할수록
그런 생각이 들었어요.
'아, 이게 내가 해야 할 수행이구나.'
선방에서 참선하듯 어쩌면 유튜브 제작도
내가 해내야 할 수행일 거라고 생각했어요."

출가는 완전한 결말이 아니고
출가자는 살아가면서
완전해지는 과정이다.

유튜브는 방편일 뿐이었지만, 자세히 모르는 이들로부터 많은 우려의 말을 듣기도 했다. 얼굴을 내놓고 1인 방송을 하는 게 어른스님들에게는 걱정스러운 모습으로 비칠 수 있는 일이었다. 하지만 어른스님들은 오히려 격려와 칭찬을 아끼지 않으셨다. 초보 유튜버에게 산문을 열어 주고 영상 촬영을 지원해 주신 것도 어른스님들이었다.

"사실 먼 미래까지 염두에 둔 건 아니었어요. 당장 해야 할 것 같았고 누군가 해야 할 것만 같았죠. 사람들이 알아봐 주길 바라며 시작했던 게 아니라서 구독자 수에 연연하지도 않았어요. 다만 가끔 유튜버가 되기 이전의 나는 우물 안의 개구리가 아니었나 싶어요. 영상 촬영을 하면서 안 가 본 사찰이 없고, 여러 스님과 불자님들을 만나며 새로운 경험을 많이 했거든요. 생각도 넓어지고 마음도 넓어지는 것 같았어요."

콘텐츠의 다양성 확보도 필요했다. 제3자의 입장에서 순례하는 방식을 넘어서서 스님과 즉문즉설 인터뷰를 하고, 정보를 나누면서 다양성과 내실을 다졌다. 구독자들의 즉각적인 반응을 살피다 보니 빠른 변화가 가능했다. 시간은 조금 더 걸렸지만 훨씬 지지층이 두터운 구독자들이 남아 있었다.

"불교는 무궁무진한 콘텐츠를 갖고 있어요.
불교문화라든지 교리, 음식, 음악, 상담, 명상 등
여러 가지 접목시킬 수 있는 분야가 많아요.
각자의 재능이나 관심사에 따라 할 수 있는 분야가 있을 거예요.
거기에 부처님의 가르침을 잘 녹여서 문화로 해석해 나가면
다양하게 시도할 수 있는 것들이 많아요."

주제보다 확고한 방향이 있어야 한다. 출가자라는 이름에 걸맞은 위의威儀가 필요하다. 영상 속 모습이 누군가에게는 승가를 대표하는 모습인데, 어설프거나 가벼운 농담으로 넘어가서는 안 된다. 스스로 대표성을 가졌으니 그에 맞는 책임이 따른다.

스님은 영상의 질을 높이고 유튜브 채널을 운영하려는 스님이라면 수행자로서의 기본적인 소양, 즉 위의와 여법함을 갖춰야 한다는 점을 당부하고 있다. 영상 속 내 모습이 누군가에게는 승가를 대표하는 것으로 인식될 수 있기 때문이다. 방송에 익숙하지 않다면 전문적으로 스피치 교육을 받는 것도 권한다. 스님 역시 아나운서에게 개인 강습을 받고 대한불교조계종 교육원에서 실시하는 연수교육과 BTN 설법학교 수업도 들었다.

"공개적인 미디어에 영향력을 행사하게 되면 공인이 됩니다. 유튜브는 불특정 다수가 이용하는 매체이기에 말과 행동 하나하나에 더 신중을 기해야 해요. 한번 업로드된 영상은 수정하기 쉽지 않아서 제작 과정에서 여러 번 확인하고 잘못된 부분이 없는지 꼼꼼하게 살펴야 합니다. 저 역시 많은 시행착오를 겪었지만 유튜브를 통해 스스로의 수행을 점검할 수 있게 되었어요. 유튜브를 포교와 전법의 장으로 적극적으로 활용하면 좋겠다는 생각입니다."

출가는 개인의 큰 결정이지만 모든 것을 홀로 이룰 수는 없다. 행자에서부터 승가대학의 학인, 그리고 구족계*를 받은 이후 정식 승려가 되어서 행하는 모든 일이 독단적으로 결정될 수 없다. 기본적인 교육과정을 이수하고 그에 맞는 수행을 해야 하고 목표를 잃지 않도록 끊임없이 탁마하는 시간이 필요하다.

---

* 비구와 비구니가 지켜야 할 계율. 비구에게는 250계, 비구니에게는 348계가 있다.

먹물 옷과 삭발은
내 최고의 모습,
한 번도 이 모습을 후회한 적 없다.

"돌이켜보면 열아홉의 저는 몸만 출가했어요. 세상의 때를 벗는 데
는 많은 시간이 필요했죠. 마음의 때를 벗고 수행자로서 살아가기
위해 부단한 노력을 했어요. 시간이 흐를수록 알게 모르게 몸과 마
음에 익혀지는 것들이 있지요. 승복이 자연스럽고 삭발이 자랑스
러워요. 내 옷을 입고 있다는 안락함이 들 때, 어떤 수행자로 살아
갈 것인가에 대한 답을 얻지 않을까요."

그 답은 다른 사람이 대신 알려 주지 않는다. 오직 스스로가 답을
찾을 수 있다.

불가에서 흔히 쓰는 말 중에 발심發心이라는 단어가 있다. 말 그대
로를 해석하면 마음을 일으켰다는 뜻이다. 어디에 마음을 일으키
는가. 출가수행자가 되어 대도를 성취하겠다는 발심이다. 출가를
결심한 것 자체가 발심이다. 다시 머리를 기르지 않는 한 이 발심은
변하지 않는다. 하지만 발심의 스위치는 하나가 아니다. 여러 개의
발심 스위치들이 작동하여 수행자로서의 삶을 밝힌다.

출가자는 한 번의 발심으로 큰 산을 넘었다.
남은 길은 탄탄대로처럼 보이지만
언제고 역경을 만날 가능성은 남아 있다.
그럴 때마다 끊임없이 재발심을 이어 가야 한다.
스님에게 유튜브는 발심 스위치다.
스위치들이 켜질 때마다 포교를 향한 스님의 길에
밝은 등불이 켜졌다.

"이 길은 마을에서 사는 것보다 훨씬 가치 있는 삶을 살 수 있게 해 줘요. 젊은 분들이 매번 도전을 이야기하잖아요. 출가에 대한 마음을 내고 상담을 통해 자신의 길이 출가에도 있을지 모른다는 생각을 가졌으면 좋겠어요. 부처님께서도 왕자의 신분으로 지닌 모든 것을 다 버리셨고, 그다음에 깨달음의 세계를 찾으셨죠. 출가란 정말 사소한 거예요. 주변에 있는 작은 틀을 깨면 대자유로 가는 길을 찾을 수 있을 겁니다. 사실 스님이라고 모두가 같지는 않아요. 각각 다르게 살아요. 하지만 최소한 우리는 같은 목표를 지향하잖아요. 깨달음을 지향하는 이들이 탐욕을 부리고 나쁜 행동을 일삼으면 안 되잖아요. 누구나 우리를 보고 저런 삶을 살아야겠다는 마음이 들어야 하잖아요."

"유튜브를 통해 보여지는 제 모습이
많은 분들에게 영향을 미치리란 걸 알아요.
그래서 조심스럽지만 당당해요.
부처님 가르침을 곧바로 전할 수 있는
유튜버 포교사라고 생각합니다."

앳된 얼굴 뒤에는 법랍 20년이라는 세월이 숨겨져 있다. 태어나 세속에
서 살아온 시간보다 절에서 살아온 세월이 더 길어졌다. 쌓일 것 같지 않
던 내공이 묵직하게 쌓여 갔다. 스님의 저서 『우리 함께 떠나요』에 이런
대목이 나온다.
"우리는 늘 누군가와 만나고 헤어진다. 만나서 좋은 인연이 되기도 하고
스쳐 지나는 인연에 그치기도 하고 때로는 악연으로 이어지기도 한다.
우리의 마음과 말과 행동이 습관이 되고 업이 되어 다른 사람에게 영향
을 주고 그렇게 업이 부메랑처럼 자신에게 돌아온다. 이것이 연기의 이
치다."
스님은 보이지 않는 이들과 소통한다. 보이지 않는다고 해서 존재하지
않는 것이 아니다. 소통의 창구는 유튜브 영상이지만 그것을 기점으로
해서 바다 건너의 사람들과 만나고 병상 위의 누군가와 만난다. 그들에
게 발심이 되어 주고 등불이 되어 준다. 이 순간에도 누군가는 보고 듣고
있다. 유튜브의 파급력을 통해 얻고자 하는 바는 유명세가 아니다. 발심
의 계기로 삼아 부처님 법을 만나게 해 주리라는 스님의 대원에 있다.

스님이 주석하는 사찰은 아주 작은 법당, 보리선원이다. 5년간 쌓아 온 지중한 인연이 보리선원 개원으로 이어졌다. 먼 거리에서 얼굴도 보지 못한 이들이 불사를 돕고, 마음을 보탰다. 보리선원은 그런 공간이 되었다. 많은 불자들을 수용할 큰 법당도 필요치 않았다. 카메라 한 대를 두고, 사람들과 소통할 정도의 규모면 적당했다.

아무것도 피어나지 않을 것 같던 토양 위에 씨앗 하나가 싹을 틔웠다. 그곳이 보리菩提의 씨앗, 보리선원인 것이다. 네이버 밴드나 유튜브 댓글, 공지사항을 통해 이야기를 전한다. 일일이 우편발송으로 소식을 알리던 과거의 포교 방식과 전혀 다르다. 젊은 불자들의 방식대로, 변화에 망설이지 않는 새로운 포교를 실천하고 있다.

"말법시대에 모두가 부처님을 함께 짊어지고 살아가고 있어요. 이곳은 공부하고 수행하는 도량으로서 다 같이 전법하고 호법하자는 의미에서 짓게 된 도량이에요. 모든 구독자가 모든 불자가 되고, 한국 불교를 통해 함께 나아갈 수 있는 벼리가 되기를 바랍니다."

요즘 스님은 새로운 콘텐츠를 준비하고 있다. 5년 동안 매주 다른 콘텐츠를 개발해 내는 것이 어렵지는 않을까.

"사람들이 참여할 수 있고 조금 더 다채롭고 새로운 기획들을 해 보고 있어요. 유튜브는 항상 제게 새로운 화두를 던져요. 다음에는 무엇을 하지, 그다음에는 또 무엇을 하지. 끝나지 않는 제 수행이죠."

스님은 당신의 현재를 수행이라 말한다. 완성을 위해 나아가는 지점, 유튜브는 끊임없이 공부할 거리와 공부의 성취를 던져 준다. "도전도 빠르고 포기도 빨라요". 나아가기 위한 길 위에서 마주하는 이상과 현실의 간극에서 스님은 언제나 균형을 유지할 것이다.

epilogue

먹물 옷과 삭발은 내 최고의 모습입니다.
출가란 마음만 먹으면 정말 쉬운 거예요.
주변에 있는 작은 틀을 깨면
대자유로 가는 길을 찾을 수 있을 겁니다. ☺

우물 안 개구리
✕
참 쉬운 출가
✕
대자유

무여 스님 인터뷰

수행자의 음식,
———
지구를 살리고
마음을 치유하는
대안

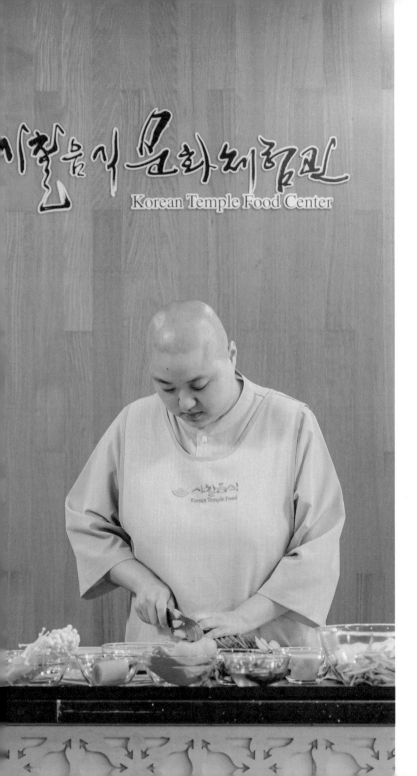

Korean Temple Food Center

사찰음식 전문가 **성화 스님**

맛있는 음식은 사람을 행복하게 한다. 먹는 이는 입이 즐겁고, 요리하는 이는 마음이 즐겁다. 성화 스님은 대한불교조계종 산하의 한국사찰음식문화체험관에서 소임을 살고 있다. 이곳에서 스님은 사찰음식 연구 개발과 함께 일반인들을 대상으로 요리 강좌를 진행하기도 한다. 우리 앞에 놓인 음식에는 씨앗을 길러 내고 싹을 보듬으며 열매를 맺도록 한 우주의 은혜가 스며 있다. 그래서 재료 손질에서부터 완성까지 어느 것 하나 허투루 할 수 없다. 음식에는 대자연을 보듬는 부처님의 대자대비한 마음이 있으며, 수행자의 정진행이 그대로 담긴다. 스님은 그 귀한 정신을 일반인들에게 전하는 일이야말로 포교사로서 스님이 해야 할 역할이라고 말한다.

성화 스님은 선생님이자
맛있는 음식을 만드는 셰프이면서
사찰의 문화를 알려 주는 스님이다.

절에서 살다시피한 어린 시절
불교 캠프는 내게 핫플이었다.

생사에 관한 기억은 강렬하다. 스님의 가장 오래된 기억도 그랬다. 계곡물에 휩쓸려 떠내려가던 자신을 건져 낸 동네 오빠의 모습이었다. 스님은 그 순간을 이렇게 기억했다.

"태어나서 최초의 기억이에요. 불교 청소년 캠프에 갔다 죽을 뻔했고, 다행히 살았죠. 지금까지 부처님과 함께하는 삶을 살게 된 계기였어요."

그 동네 오빠는 함께 캠프에 갔던 이였다. 스님의 방점은 '오빠'가 아닌 '불교'에 찍혀 있었다. 스님의 나이 네다섯 살 때의 일이다. 어린 시절 모든 순간을 사찰에서 보냈을 정도로 일찍이 불교와 인연이 깊었다. 캠프와 같은 특별한 이벤트가 아니더라도 늘 절에서 시간을 보냈다. 어렴풋이 기억나는 어린 시절은 모두 스님, 사찰 속 풍경이다.

두 번째 기억은 교회에 다니던 친구들이다. 주변에는 워낙 교회에 다니던 친구들이 많았고, 절에 다니던 친구는 거의 없었다.

"부처님 법을 혼자만 알고 있기에 아까워서 이런저런 말을 많이 해 줬어요. 당연히 효과는 없었죠. 그런데 나는 아무리 생각해도 좋았단 말이에요. 알아 주지 않아서 속상했던 마음, 그게 기억나요."

이 두 가지 선명한 기억이 스님을 출가의 길, 그리고 지금의 길로 자연스레 이끌었다. 마치 기억 그 이전부터 오랫동안 결정돼 있었던 것처럼 저절로 출가의 문을 두드리게 됐다. 고등학교를 졸업하고 대학까지 정해진 상황이었다. 친구들은 하나같이 입학을 준비하며 설레는 열아홉의 마지막을 보내고 있었지만 스님은 달랐다.

"졸업하고 뭘 할까?
대학에 가는 것보다 내가 뭘 해야 할지 고민했어요.
대학이야 가면 되는데 나는 뭘 해야 하나 생각했죠.
'아, 나는 출가를 해야겠다.'
대학생이 되는 건 당장 급한 일이 아니었기에
대학을 포기하고 운문사로 들어갔어요."

대학입학시험을 망치고 대학에 떨어지는 패배감을 느낀 것도 아니었다. 모든 상황이 완벽하게 준비되어 있었다. 그럼에도 불구하고 출가를 택했다. 분명한 확신이 있었다.

"불교가 좋으니까, 불교를 알리는 일을 하면 좋겠다고 생각했어요. 대학은 언제든 가도 되잖아요. 어린이와 청소년들, 그때만 해도 아는 동생들이었죠. 그 친구들에게 잘 알려 주고 싶었어요. 12년간 초·중·고등학교를 다니면서 어린이 법회를 빠진 적이 없었어요. 초등학교 땐 참여자로, 고등학교 때는 보조교사로, 내가 있어야 할 곳은 여전히 법회의 현장이었어요."

모두가 흔쾌히 스님의 선택을 응원했다. 고민이 없지는 않았지만 그것은 출가를 했을 때 포기해야 할 일이나 두려움 같은 건 아니었다. 남들보다 유별난 선택을 한 것은 아닌가 하는 의문도 아니었다.

"철이 들기 전까지
부처님이 하신 말씀이 다 진리는 아닐 수 있겠다 싶었어요.
경전의 심오한 뜻을 이해할 수 없었으니까요.
특히 생로병사가 고통이라는 것 자체를 이해할 수 없었어요.
왜 고통이죠? 인간의 몸 받기가 그렇게 어렵다고 하면서
태어나자마자 그것을 고통이라고 하면 어떻게 하란 거죠?"

"불교를 안다고 생각했지만 이 의문들로부터 벗어나는 데는 꽤 긴 시간이 필요했어요. 학창 시절을 보내고, 출가하고, 승가대학(강원)을 다니고, 세상의 이치를 알아 가면서 답을 찾을 수 있었어요. '말씀 중에 그릇된 것이 없다.'고 말이에요."

은사이신 현행 스님과는 더욱 각별한 사이다. 어린이 법회 때부터 스님을 봐 왔던 현행 스님은 언제나 든든한 지지자였다. 스님을 뵐 때마다 출가에 대한 확신이 들었다.

성화 스님   82

"은사스님은 저를 늘 지켜봐 주신 분이에요. 제가 무엇을 하든 늘 지지해 주셨지요. 뒤늦게 대학을 간다고 했을 때도, 요리를 배우 겠다 했을 때도, 서울에서 살겠다고 했을 때도. 스님은 늘 '너 하 나의 뜻만으로 이루어진 것이 아니다. 주어졌을 때 열심히 해라.' 며 독려해 주셨어요. 그래서 저는 다음 생에는 꼭 우리 스님의 은 사가 되고 싶어요. 스님께서 제게 그러하셨듯이 스님께서 하고 싶은 것 마음껏 하시라고 제가 팍팍 밀어 드릴 거예요."

은사스님은 충남 예산 수덕사 인근 작은 사찰에 주석하고 계신다. 소박한 그 도량에서는 매년 이웃 청소년들에게 장학금을 전달하 고, 아이들이 불연을 맺는 데 크고 작은 도움을 주신다. 일흔이 넘 은 노장이지만 여전히 새로운 것을 배우고 도전을 멈추지 않는 다. 어른의 그늘을 꼭 빼닮은 성화 스님이다.

작은 흔들림이라도 있을 때면 늘 은사스님의 말씀이 떠오른다고 한다.

"「이산혜연선사 발원문」에 이런 말씀이 있어요.
'아이로서 출가하여 귀와 눈이 총명하고 말과 뜻이 진실하며
세상일에 물 안 들고 청정범행 닦고 닦아 서리같이 엄한 계율 털끝인들 범하리까.'
제가 출가할 때 나이가 어린 건 아닌가 하는 생각을 했거든요.
은사스님께 고민을 털어놨더니, 이 발원문을 일러 주셨어요.
그러면서 이왕 출가하기로 마음먹었다면
때 묻지 않은 지금이 가장 좋겠다고 응원해 주셨어요."

돌아보면 지혜로운 선택이었다.
"대학을 가지 않고 출가한 것이 가장 잘한 일이었어요. 그리고 계를 받고 바로 강원에 간 것도 현명한 선택이었지요. 대학에 갔다면 승려 도, 속인도 아닌 생활을 했을 것이고, 강원에 바로 가지 않았다면 수 행자의 삶을 제대로 배울 기회가 없었을 테니까요."

감자 같은 나,
데굴데굴 씻기며 예뻐졌죠.

정확한 나이로는 열여덟 살이었다. 남들보다 빨리 행자 생활을 시작한 때였다. 행자가 되기까지의 18년과 그 이후의 삶은 완전히 달라졌다. 책장을 넘기듯 자연스러운 변화가 아니라 완전히 다른 책의 첫 페이지였다.

"새벽 세 시에 일어나는 게 너무 힘들었어요. 절에 살다시피 하면서 유년 시절을 보냈는데도 수행자로 사는 건 다른 문제였지요. 250명의 스님들이 새벽부터 저녁까지 함께 있어요. 도반스님도 있지만 어른스님들이 훨씬 많았죠. 저는 제일 막내뻘이었어요. 정신없이 분주한 시간을 보냈어요. 해야 할 일도, 하지 말아야 할 일도 많았지요. 생각해 보면 '중물이 든다.'라고 했던 어른스님의 말씀처럼 그때 저는 불교에 물드는 시간을 보냈던 것 같아요."

출가 후 1년, 2년, 3년 그리고 20년. 인생에 교과서가 없듯 출가에도 정해진 규칙이 없다. 다만 초발심자로서 어떤 마음을 가져야 하는지에 대한 『초발심자경문』 등의 길라잡이는 있다. 강원에서의 시간은 살아가는 삶과 배워 가는 불교가 하나로 합치되는 과정이었다.

"어느 노스님께서 그러셨어요. 우리는 감자래요. 모양도 제각각, 흙투성이 감자요. 그런데 감자를 어떻게 씻을까요? 큰 대야에 물을 가득 담아 놓고 둥둥 뜬 감자를 휘휘 저으면 돼요. 감자끼리 부딪치면서 저절로 흙이 씻겨요. 노스님께서는 도반들과 윗반 스님들, 어른들과 함께 지내면서 깨끗하게 씻겨야 중물이 든 거라 하셨지요."

출가하고도 한동안 속세에 머물던 습관을 버리지 못했다. 겨우 18년 동안 들인 물인데도 빠지는 게 쉽지 않았다. '저 사람은 이해가 안돼.'라는 말버릇이 대표적이었다. 마음에 안 들고 불편하면 툭툭 튀어나왔다.

"돌이켜 보면 제가 완벽하게 이성적이라는 착각에 빠져 있었어요. 상대가 조금만 이상해 보여도 이성적인 판단에 근거해 그 사람을 판단했어요. 이성적이라는 것도 사실은 극히 주관적인 기준이었는데 말이지요. 나만 옳다는 자만심이었는데 그것이 얼마나 오만한 행동이었는지 강원 생활을 겪으며 확실히 깨달았어요."

모두가 선지식이라고 생각했다.
옳지 않은 행동을 하는 도반의 모습을 보고는 나를 돌아보고,
수행하는 스님을 보고는 본받기 위해 노력했다.
작은 칭찬에 크게 기뻐하지 않고 큰 비방에도 흔들리지 않았다.

"『숫타니파타』를 보면 '무소의 뿔'이라는 비유가 나오듯이 일희일비하지 않고 여여하게 사는 방법을 배울 수 있는 시간이었어요."

스님은 해인사 보현암에서 일 년 동안 행자 생활을 하고 운문승가대학 4년 과정을 마쳤다. 이어 사미니계를 받고 동국대학교에 입학해서 학문적인 견문을 넓히며 우수한 성적으로 교직을 이수했다. 재학 중에는 방학 때마다 고등학교에 가서 저소득층 어린이들을 대상으로 실시하는 방학캠프에 지도법사로 나서 봉사활동을 했다. 대학 졸업 후 대한불교조계종이 스님들의 영어 교육을 위해 개설한 국제불교학교에 입학해 공부했다. 2년 동안 원어민 강사로부터 영어 수업을 들었는데 졸업 후 바로 기회가 찾아왔다. 미국 뉴욕 불광선원에서 어린이 법회 담당 법사로 스님을 초청한 것이다. 3년 동안 어린이 법회를 담당하며 토요일에는 불광한글문화학교에서 한글과 한국문화를 가르쳤다. 그렇게 거의 4년 동안 뉴욕에서 아이들과의 시간을 쌓아 갔다. 귀국하고는 곧바로 대학원에 진학했다. 주중에는 공부하고 주말에는 조계사 어린이 법회에 나갔다. 그러던 중 한국사찰음식문화체험관 부관장을 맡게 됐고, 지금까지 오게 되었다. 글로 옮기기에도 숨 가쁜 스님의 이력이다.

"바쁘게 살았죠? 근데 너무 재밌지 않나요?"

건강해지려 음식 찾는 사람들을 보면
마음 아팠다.

스님이 해인사 보현암에서 행자 생활을 시작했을 때였다. 후원에서 첫 번째 소임이 주어졌다. 재료를 다듬고 설거지하는 기본 살림부터 시작했다. 바로 어제까지 학교에 있었는데 오늘은 주방이라니.

"힘들었죠. 내 손으로 음식 한번 해 본 적 없었는데 갑자기 채소를 씻고 다듬고, 설거지도 얼마나 많은지. 그것이 사찰음식과의 첫 만남이었어요. 서툴게 재료를 다듬고 있으면 곁에 스님이 오셔서 그러셔요. '이건 여름에 가장 맛있고, 저건 겨울에 맛있고, 씻을 땐 상처 나지 않게. 너무 많이 삶으

면 맛이 떫어.' 힘들기도 했는데 스님들께서 식재료에 대해 이런저런 말씀
을 해 주셨어요. 각 재료가 어떤 특징을 가지는지, 조심할 점은 무엇인지 귀
동냥으로 많이 들었어요. 아주 재밌었어요. 알고 보니 제가 요리를 좀 잘하
기도 하더라고요."

보현암은 스님들이 간화선 수행을 하는 선원이다. 동안거와 하안거 동안
이곳에 오신 스님들은 오직 정진에만 매진한다. 몸의 기운을 북돋울 수 있
는 건 오직 제철에 난 식재료로 만든 음식이었다.

**"스님들을 위해 만든 음식이
수행에 보탬이 되는 게 참 좋았어요."**

그때 가졌던 소박한 감동이 사찰음식 전문가로 살아가는 계기가 될 줄은
몰랐다. 돌이켜 보니 다른 사람에게 주는 걸 좋아하고 음식을 맛있게 먹어
주는 모습을 보는 기쁨을 아는 사람이었다. 천생 요리가 체질에 맞았다.

"대학원을 다니고 있다가 사찰음식 전문조리사 자격증 승가과정 수업을 듣
게 되었어요. 사찰음식 전문가는 스님들이잖아요. 먹어 본 사람이 안다고.
꽤 긴 시간이었지만 차근차근 배워 가면서 자격증을 취득했어요."

대중에게 알려진 사찰음식의 대가들이 있다. 선재 스님, 정관 스님, 홍승
스님, 불영사 스님 등 여러 스님들이 세계에 사찰음식문화를 알렸다. 한때
웰빙이라는 바람을 타고, 힐링푸드 그리고 채식과 비건이라는 주제로 사찰
음식은 점차 입지를 넓혀 갔다.

불교에서의 음식은 수행을 위해 육신을 지탱하는 목적을 가지고 있다. 어
느 시자가 콩나물을 씻었는데 계곡 아래에서 노스님이 콩나물 한 줄기를
들고 왔다는 일화가 있을 정도로 사찰에서의 음식문화는 수행과 직결된다.
쌀 한 톨에도 천지의 노고가 들어 있으니 음식을 허투루 다루면 안 되는 것
이다. 사찰음식에 대한 관심은 날로 커지고 있고, 불교문화를 알리는 중요
한 수단이 되었다. 그러니 다음 세대인 성화 스님에게 큰 역할을 기대하는
것도 사실이다.

"수업 전 오관게를 읊어요.
'이 음식이 어디서 왔는가. 내 덕행으로 받기 부끄럽네.
마음의 온갖 욕심 버리고 건강을 유지하는 약으로 알며
진리를 실천하고자 이 공양을 받습니다.'
스님들이 매일 공양 전에 읊는 게송이에요."

"여기에 불가에서 음식을 대하는 자세가 나옵니다. 특히 기후변화와 탄소 중립에 있어서 사찰음식은 훌륭한 대안입니다. 육식을 하지 않으니 동물을 사육할 필요가 없고 제철 식재료를 이용하기 때문에 비닐하우스 등 재배시설이 필요 없죠. 또 한 그릇에 담아 먹는 발우공양법은 설거지를 줄이고 불필요한 식재료의 낭비를 막는다는 점에서 지구를 위한 식문화라 할 수 있습니다. 음식의 조리법은 쉽게 알 수 있어요(한국사찰음식문화체험관 내부에는 음식을 선택하면 레시피를 출력해 주는 기계가 있다). 저를 비롯하여 사찰음식을 연구하는 스님들은 음식 자체에 방점을 찍는 것이 아니라 불가의 정신과 철학, 세계관이 어떤 것인지를 알려 주는 역할을 하는 것이라 생각합니다. 저도 수업을 진행하면서 출가 승려로서 어떻게 하면 수행의 본질을 잘 알려 줄 수 있을지를 고민해요."

한국사찰음식문화체험관은 한국문화에 관심 있는 외국인들이 많이 찾는다. 그들의 관심사는 확실히 문화에 집중되어 있다. 채식 위주의 식단이 한국적이라 생각하고, 사찰은 가장 한국적인 문화가 녹아 있는 곳이라 여긴다.

그들에게 K푸드는 곧 사찰음식이라는 이미지가 강하다.
이처럼 여러 사람이 각자의 목적을 위해 사찰음식체험관을 찾는다.
문화를 보고 싶은 이에게는 문화를 보여 주고,
조리법이 필요한 사람에겐 조리법을 일러 준다.
이것도 포교의 방편이다.

"일반인들을 대상으로 하는 수업이 있어요. 그 수업에는 건강을 위해 찾아오는 분들이 많아요. 건강이 좋지 않아서 음식을 통해 병을 치료하거나 몸을 보완하기 위함이지요. 마음이 피폐해지면 건강을 잃기도 해요. 몸과 마음을 건강하게 하는 방법이 사찰음식이 되는 이유이지요. 내가 무엇을 해야 하는지 그분들을 보며 사명감을 느낍니다. '현대인들의 마음 건강을 위해 부처님 법을 잘 전해야겠구나.' 하고 말이지요."

처음부터 포교를 위해 출가했다. 스님은 출가의 근본 목적에 가장 부합하는 현재를 살고 있다. "종교는 어렵지만 문화는 쉬워요." 포교의 방편으로 문화를 활용하는 이유이다. 뉴욕에서 한글학교 수업을 할 때 아이들은 대부분 엄마 손에 이끌려 나왔다. 하지만 요즘 뉴욕에서 들려오는 소식에 의하면 아이들이 엄마를 데리고 온단다. 한국의 드라마 때문에 한국문화를 배우고 싶어한다는 것이다. 그래서 스님은 더욱 확신했다. 부모를 따라 모국어를 배우는 게 아니라 배우고 싶은 문화이기에 배운다는 게 중요한 핵심이다.

"너무 전통에만 치우치면 재미가 없을 수도 있잖아요. 전통적인 재료와 방법을 이용한 조리법을 개발하기도 하지만, 오신채와 인공감미료를 배제한 기본에 충실하되 새로운 재료를 이용한 메뉴도 선보이고 있어요. 전통성과 화제성을 둘 다 가져가는 것이지요. 어린이 법회를 오래 해서 사람들 앞에 나서는 게 쉬울 것이라 생각했는데 막상 불교까지 담아내야 하니까 강의 시간은 짧지만 준비하는 시간은 엄청나게 길어요."

빠르고 늦음과 상관없이 출가하고 싶을 때가 좋은 때다.

처음부터 생각했다. '승려가 된 후 몇 년이 지나도, 몇십 년이 지나도 나는 아이들과 함께 있을 것이다.' 생각대로 살아왔다. 일상이 바빠도 주말이면 아이들이 있는 곳을 찾았다. 열다섯 어린 소녀였던 시절에도, 지금도 여전히.

"천진난만한 표정을 보면 저도 행복해지니까요. 아이들이 변하는 모습이 가시적으로 드러나요. 뉴욕에서 한글학교를 진행할 때 아이들이 1분도 가만히 있지 못했어요. 도저히 안 되겠다 싶어서 수업 전에 명상으로 조회를 대신했어요. 신기하게도 아무리 앉으라 해도 앉지 않던 아이들이 자리에 스스로 앉아 있어요. 아이들에게는 단 1분의 명상도 효과적으로 발현되는 거예요. 그때 참 행복했어요. '불교가 아이들을 변화시키고, 나아가 이 아이들의 미래를 변화시킬 수 있구나.' 하고요. 그래서 전 아이들이 참 좋아요."

세상의 직업이 다양하듯
스님들의 길도 다양하다.
차이가 있다면
스님들은 확실한 목적지가
있다는 것이다.

스님은 여전히 순항 중이다. 길을 헤맸던
적도 목적지를 잃은 적도 없이 그대로 나아
가는 중이다. 의문을 가져 본 적도 없었다.
'어렸기 때문에 의문이 없었다.'는 스님은
어린 나이에 출가하는 것이 굉장히 유리했
다는 입장이다. 물론 본인이 그랬다고 해서
다른 이들에게 이른 출가를 권하지는 않는
다. 개인마다 성향이 다르니까.

"그 나이 때에 가질 수 있는 안목이 있는 것 같아요.
다섯 살 때는 다섯 살의 눈으로 세상을 보고,
육십이 되면 육십의 눈으로 세상을 보고.
빠르다 늦다는 건 출가에 맞지 않는 표현 같아요.
언제나 스스로 마음을 내는 때가 가장 중요하니까요."

"더 늦지 않게 부처님의 제자가 되겠다는 마음을 내어 다행이라고 생각해요. 부처님은 각자의 근기에 맞게 가르침을 설해 주셨잖아요. 언제가 되었든 부처님께선 근기에 맞춰 바른 가르침을 일러 주실 거예요."

어느 때 출가를 결정할지는 마음먹기에 달렸다. 그리고 출가 후 어떤 길을 선택할지도 오직 자신의 선택이다. 스님은 문화 포교라는 확신을 갖고 사찰 음식이라는 세부 항목을 정했다.

"아이돌도 스님이 될 수 있고, 셰프도 스님이 될 수 있어요. 아이돌이라면 연예인의 입장에서 그들의 마음에 부처님 가르침을 심어 줄 수 있죠. 자기가 어디에 관심을 두든 그것을 토대로 무궁무진한 전법의 방법이 있다는 걸 아셨으면 좋겠어요."

스님과 함께한 두 시간의 여행을 마쳤다. 스님의 여행지는 보현암의 공양간이었다가, 학생들과 뛰어노는 계곡이었다가, 뉴욕의 한글학교를 들렀다가, 다시 공양간으로 돌아왔다. 출가 이전이 전생이었던 것 같다는 스님의 말에 공감했다. 전생에 다하지 못했던 일을 이생에서 마음껏 펼치고 있으니 정말 그 표현이 맞다.

"저는 선방에서 한 번도 정진해 보지 못했어요. 그래서 선방에서 치열하게 정진하고 싶어요. 그게 수행자의 본모습이거든요."

스님의 열정적인 모습을 보면 무엇이든 해낼 수 있을 것이라는 확신이 든다.

epilogue

불교는 전통을 고수하기도 하지만
절대로 배타적이지 않아요.
가장 포용적인 종교입니다.

문화 포교
×재능 발산 기회
×거기 말고 출가 어때

내가 출가 전에
무엇을 했든,
어떤 재능을 갖고 있었든
수행공동체 안에서
그것을 충분히 실현시킬
기회가 있어요.
출가하고 싶을 때가
가장 좋은 때입니다. ☺

성화 스님 인터뷰

수학자에서 수행자로
불행에서 행복으로

초기불교
명상 수행자

일묵 스님

완벽한 계산으로 완성한
수행자의 삶

제 따 와 나 선 원

강원도 춘천에는 제따앗나선원이라는 독특한 건축물이 있다.
이곳은 건축가 임형남, 노은주 부부가 디자인했으며
제따앗나선원장인 월록 스님이 감수를 했다.

99

서울대학교 수학과 박사 과정 중에 출가한 스님은
남들이 부러워하는 최고의 삶보다
내가 주인공으로 살아가는 행복한 삶을 선택했다.

제따와나선원은 몇 해 전 아시아건축가협회
건축상 공공사회문화부문에서 건축상을 수상
했을 정도로 시각적으로 특이한 모습이다.
면면을 들여다보면 더욱 놀랍다. 건축하는 데
사용한 벽돌은 파키스탄에서 직접 공수했고,
전체적인 분위기는 인도 성지를 방불케 한다.

일묵 스님은 왜 이런 성지를 세웠을까.

1996년 서울대학교 불교동아리 선우회에서 세 명이 출가했다. 국내 최고 대학의 학생 세 명이 출가자의 길을 선택한 것이다. 함께 출가한 세 명의 스님은 지금까지 교유하며 같은 길을 걷고 있다. 그중 일묵 스님은 서울대학교 수학과 박사 과정을 밟던 중이었다. 수학적 사고를 가진 그가 철학적 사유의 종교로 진로를 바꾸었기에 많은 사람들이 의아한 시선을 보냈다.

생생한 죽음의 경험을 통해 세속의 공부가 쓸모없는 것이라는 생각이 들었다는 스님의 출가 이유는, 오늘날 수능 공부, 취업 공부, 토익 공부 등의 학업으로 고단한 삶을 살아가는 젊은 세대에게 의미 있는 메시지를 전하고 있다.

일묵 스님은 춘천 제따와나선원에서 스님들과 함께 수행하며, 재가자들을 위한 수행 프로그램을 운영하고 있다. 제따와나는 부처님이 살아 계실 때 인도의 제따 왕자가 보유한 숲에 아나타삔디까 장자가 지어 석가모니부처님께 보시한 선원으로, 한국에는 기원정사(기수급고독원)로 알려져 있다. 당시 부처님께서는 이곳에서 가장 많은 안거를 보내며 가르침을 설하셨다. 일묵 스님의 불사*로 완공된 제따와나선원은 그런 부처님의 가르침을 따르겠다는 의미로 이름 짓게 되었다. 스님은 2009년 서울 서초구 내방동에 첫 번째 수행도량을 연 이후 여러 불자들과 뜻을 모아 춘천에 도량을 마련했다.

* 중생을 교화하기 위해 절을 짓거나 불법을 널리 펴는 일.

제따와나선원은 마치 인도의 제따와나처럼
붉은 벽돌과 선과 면으로 이뤄진 독특한 건축구조를 띠고 있는데
이는 부처님의 원음을 살린다는 목적을 드러내기 위함이라 한다.

서울대학교 수학과 박사 과정, 세속에서 더 이상 할 공부가 없었다.
스님에게 죽음에 대한 번뇌가 일찍 찾아왔다. 죽음에 대한 생생한 경험은
안전하다고 생각하며 걸어왔던 그간의 삶에 파장을 일으켰다.
"죽음은 예기치 않은 상황에서 찾아오는데, 그걸 모르고 살아간다는 건
도저히 안 되겠다 싶었어요. 그래서 죽음과 인간의 삶에 대해 고민을 시작
했습니다. 그런데 세속 학문에는 죽음에 대한 내용이 없어요. 자연스럽게
종교를 생각하다 보니 죽음에 대한 답이 불교로 귀결되더군요."
신심이 깊은 불자 집안에서 자랐지만 스님이 본격적으로 불교에 관심을 갖
게 된 것은 스물일곱 살 무렵이었다. 당시 서울대학교 불교동아리 선우회에
서 활동을 하며 4~5년 정도 재가불자로서 수행에 집중하며 대학 생활을 보
냈다.

**" '죽음'이라는 주제에 대해 절박함이 있었죠.
그러다 어느 순간 세속에 있어도 더 이상 할 일이 없겠다 싶었어요.
그렇게 서른둘에 출가했습니다.
출가 자체에 대해서 망설임은 없었어요.
세속에서는 답이 없고 출가에 답이 있다는 확신이 들었으니까요."**

일묵 스님은 성철 스님의 상좌 원택 스님을 은사로 출가했다. 수행에 대한
경험이 있었기 때문에 출가수행자로의 갑작스러운 진로 변경에도 자신이
있었다. 출가도 엘리트 코스를 밟듯 완벽하게 이뤄질 것만 같았다.
"사실 처음에는 상당히 기대를 했지요. 출가할 때는 모든 스님이 부처님 같
은 줄 알았거든요. 그런데 현실은 달랐지요. 승가대학(강원)을 마치고는 진짜
부처님의 가르침이 어떤 것인가 하는 의문이 들었습니다. 세계 각국의 다
양한 수행 현장을 가 보아야겠다는 생각을 했고, 그렇게 10년 정도 유명한
수행센터에서 직접 수행을 했습니다."
스님은 봉암사, 미얀마 파욱국제명상센터, 영국 아마라와띠, 프랑스 플럼빌
리지 등 국내외 수행처에서 수행의 견지를 넓혀 갔다.
"현재의 모습으로 불교를 이해하기에는 어려운 측면들이 있었어요. 그래서

초기부터 부파불교시대를 거치면서 불교가 어떻게 흘러왔는지 역사적으로 살펴볼 필요가 있었지요. 그 공통분모가 사성제*와 팔정도**를 기반으로 한 수행이었습니다."

길게는 2~3년, 짧게는 몇 주 동안 머물며 세계 각국의 수행문화를 익혔다.

**"수행과 교학, 계율이 잘 어우러져 있는
수행 공간이 있으면 좋겠다는 생각이 들었습니다.
교학, 삼매, 지혜가 어우러지는 공간 말이지요.
그런 구체적인 수행 모델을 만들고 싶었어요."**

한국으로 돌아온 스님은 서울에서 제따와나 수행공동체를 운영했다. 기도하는 공간으로서의 사찰이 아니라 수행하는 공동체로서의 의미가 강했다. "재가자들을 대상으로 수행 프로그램을 시도해 봤어요. 처음에는 시행착오를 겪었습니다. 제가 경험한 것은 전문 수행자들의 입장이었는데, 입문 수행자들의 눈높이에 맞추는 과정이 필요했어요. 부처님의 가르침을 훼손하지 않으면서 접근하고, 알기 쉬운 방향으로 프로그램을 조정해 나갔습니다."

제따와나는 사성제 수행 도량이다. 여기서는 중도*** 수행을 통해 사성제를 완성해 간다. 중도 수행은 호흡 수행, 극기 수행, 일상 수행 세 가지로 나누어 진행되는데 입문자들이 체계적으로 수행할 수 있도록 프로그램이 운영된다.

"마음이 쉬어지면서 호흡에 집중하는 게 바른 삼매****입니다. 지혜와 삼매가 분리되는 게 아니라 지혜의 삼매에 들고, 마음이 깨끗해진 상태에서 다시 지혜가 일어나는 것입니다. 일상 속에서 계를 잘 지키고 살아가는 것,

---

이런 것이 중도 수행입니다."

현재 이곳에는 10여 분의 스님들이 상주하며 수행하고 있다. 재가자는 집중 수행 기간이나 안거 때 상주하며 정진할 수 있다. 보통 스님들은 매일 일곱 시간씩 정진한다. 새벽예불은 죽비로 삼배를 올리고 정진을 한 시간 한다. 그리고 오전 정진, 오후 정진, 저녁 정진을 각 두 시간씩 한다. 기본 체제는 일반 선원과 비슷하다.

스님은 어느 인터뷰에서 "나는 믿고 따르는 대신심형이 아니라 논리적으로 따지는 지혜형 수행자다. 그래서 화두* 중심의 수행보다는 분석적인 초기불교가 맞았다."라고 밝힌 바 있다. 본인을 출가의 길로 이끌었던 수행의 경험, 그리고 보다 적합한 방법을 찾아 연구하고 체득한 결과물은 고스란히 제따와나의 정진 프로그램으로 녹여 냈다. 현재의 제따와나는 그렇게 완성되었다.

* 참선 수행자가 깨달음을 구하기 위해 참구하는 부처나 조사의 파격적인 문답 또는 언행

세상에는
집단을 끌고 갈 수 있는 리더가 필요하다.

스님은 수행을 통해 문제를 해결할 수 있다는 확신이 가장 중요하다고 전했다.

"이러한 수행공동체를 통해 재가불자, 수행자들을 양성하는 것도 중요합니다. 하지만 집단을 끌고 갈 수 있는 리더가 필요합니다. 수행으로써 문제를 해결할 수 있다는 확신을 가진 이들이 출가를 하고, 그들이 리더가 되어 불교를 이끌어 가는 게 시급한 문제지요. 교육 시스템이 갖춰져 있으면 박사 과정까지는 할 수 있습니다. 교학을 통해 재가불자들을 교육시키는 데까지는 가능한데, 부처님의 귀한 법을 잘 보존하고 이어 갈 수 있는 역량 있는 수행 지도자, 즉 출가자 양성으로 이어져야 합니다."

실제로 제따와나에서 10여 명이 출가했다. 대부분 오랫동안 공부하던 이들이다. 수행의 경험이 출가로 이어지는 것. 꾸준히 출가자의 삶을 살아가는 모습을 실제로 보았기 때문에 출가자 양성에 대한 스님의 견해는 확실하다.

"막연히 환상만 갖고 오는 사람도 있습니다.
부처님의 가르침을 배우고 수행을 해 보면,
내가 괴로움에서 벗어나서
제대로 윤회에서 벗어날 수 있겠다는 확신을 얻습니다.
저는 출가를 희망하는 분들이 오면,
이상 속의 수행이 아닌
직접 한 달 정도 수행을 실제로 해 보면서
확신을 얻도록 유도합니다."

스님은 수행에 있어서도 자율성만큼이나 점검이 중요하다고 강조했다. 수행 참가자들은 정기적인 인터뷰를 통해 자신의 방향을 점검할 수 있는 기회를 얻는다. 점차 다듬는 과정을 겪는 것이다.

"준비가 안 된 사람을 출가시키면 문제가 일어나기 쉽습니다. 본인의 문제, 어떤 생사 문제에 부딪혔기 때문에 발심이 일어납니다. 기본적으로 본인 스스로의 갈등이 있기 때문에 법에 대해 근본적으로 이해하고 출가하는 게 중요합니다."

많은 사람들이 문제의 해결을 위한 방법으로 수행을 선택한다. 그리고 수행의 과정 속에서 의심되는 부분들을 해소하고, 이를 통해 자신의 삶이 어떻게 나아지는지 체험하며 보다 깊이 있는 공부에 들어간다.

"선원에 다니면서 화가 없어졌다는 사람들이 많아요.
자기 문제에서 가장 근본적인 번뇌를
어떻게 컨트롤해야 하는지에 대한 관심도 많지요.
깨달음은 현실과 동떨어져 있다고 생각할 수 있지만
실제로는 번뇌, 자만, 사견, 고집, 질투, 인색 같은
화를 극복하는 데에도 부처님의 지혜가 매우 유용합니다."

미국과 유럽에서는 명상 프로그램이 이미 일상 속에 스며들었다. 또 많은 해외기업에서는 실제로 명상 프로그램을 직원들의 스트레스를 해소하는 방편으로 사용하고 있다.

"해외에서 활용되는 여러 명상들은 실제로 아주 초보적인 단계입니다. 하지만 그 단계만으로도 큰 효과를 봤다는 것이 중요합니다. 불교에서 부처님의 가르침을 통해 풀어 내는 방법들을 차용한다면 무궁무진한 효과를 볼 수 있겠지요. 법을 삶에 적용하며 마음이 달라지는 것을 체험한 사람들은 그 맛을 알고 지속적인 수행으로 이어 갈 수 있습니다. 더 깊고 큰 수행 말이지요."

그런 경험을 한 사람이 제따와나에서만 천 명이 넘는다. 코로나 시국을 기점으로 운영한 온라인 프로그램도 인기를 끌었다.

"씨앗을 많이 뿌려 놓았다고 생각합니다. 그리고 수행을 통해 불교를 접할 기회를 얻는다고 생각합니다."

수행뿐만 아니라 제따와나에서는 불교대학을 통한 교리 수업도 진행한다. 특이한 점은 보시*이다. 이곳에서는 모든 보시가 후원의 형태로 이뤄진다. 원하는 날짜에 보시할 수 있다. 그 진입장벽도 매우 낮다. 누구나 언제든지 할 수 있는 것이다. 이렇듯 보시의 경험을 축적하며 자연스레 불교의 교리를 체득할 수 있게 된다.

강의실에 앉아 있을 때
교수님의 뒷모습이 행복하지 않은 것 같았다.

"만약 제가 출가하지 않고 박사 과정을 마쳤더라면, 전 교직에 있었을 겁니다. 그런데 만족스러운 삶은 아니었겠지요."

스님에게는 아주 좋은 선택지가 있었다. 일반 사람들이 보면 출가는 오히려 두 선택지 중 차선이었을 수도 있다. 우리나라 최고의 명문대학인 서울대학교, 그것도 수학과 박사 과정을 제대로 마치기만 해도 미래가 보장되어 있었다. 그러나 출가는 미래를 보장할 수 없는 선택이었다.

"어느 날 수업 시간에 강의실에서 교수님께서 수업하시는 모습을 보고 있었어요. '나도 저렇게 살면 행복할까.'라는 생각이 문득 들었죠. 그런데 그럴 것 같지 않았어요. 세속에 있으면 여러 가지 정신적인 스트레스를 받다 보니 마음의 병을 앓는 분들이 많아요. 수행자들은 마음의 병으로부터 자연스럽게 멀어지고 굴곡 없이 평온한 삶을 살고 있어요. 저는 출가를 선택했고, 그래서 행복합니다."

그렇다면 행복한 삶을 살고 있는 현재는 완성형일까?

* 자비심으로 재물이나 불법을 베풂.

"만일 내가 불법을 만나지 않았더라면 삶이 암흑같지 않았을까 하는 생각을 합니다. 아직 완성이라 할 수는 없습니다. 하지만 완성을 하고 하지 않고를 떠나 진리를 추구하는 삶을 산다는 것 자체가 굉장히 의미 있는 것입니다."

진리를 추구하는 삶. 모든 출가자들의 삶의 목표는 진리에 초점이 맞추어져 있다. 진로가 확실하니 주변을 서성일 필요 없이 오직 그것만 좇으면 되는 일이다.

"길이 분명한 것이 가장 큰 이익입니다.
괴로움은 있는데 괴로움에서 벗어나는 길을 모른다면
그것이 가장 큰 고통입니다.
부처님께서는 괴로움을 소멸하는 방법을
확연히 알려 주셨습니다.
수행자들은 그 길을 걸어가기만 하면 되니
그것만 해도 감사한 일입니다."

출·세간은 엄연히 다르다. 세간에서도 충분히 부처님 법을 따르며 수행자 못지않은 삶의 질을 누리며 살아가는 이들도 있다. 물론 아주 특별한 경우에 한해서다. 스님은 출가자의 삶이 여러 갈래로 흐트러지지 않고 오직 하나를 바라보고 살아가는 데 의미가 있다고 강조했다.

"세속에서는 욕망을 추구하는 삶을 살게 됩니다. 욕망이 앞서면 부당한 수단을 동원할 수밖에 없어요. 부처님은 세속에서의 성공을 귀하다고 여기지 않았습니다. 다만 어떤 행위를 하느냐가 더 중요하다고 보셨지요. 그것이 업입니다. 올바른 행위를 하고 살아가는 것이 수행자의 삶입니다. 외형적으로 얻는 것은 적지만 매 순간을 욕망 없이 지혜와 자비를 기반으로 살아가는 것입니다."

형성된 것들은 소멸하기 마련인 법이다.
방일하지 말고 해야 할 바를 모두 성취하라.
-부처님의 마지막 유훈-

환상을 말하려던 건 아니었다. 귀함을 설명하려다 보니, 출가자의 삶이 환상적이고 신비스럽게 표현될 수도 있겠다. 부처님 역시 형성된 것은 소멸한다고 말씀하셨다. 어떤 삶이고 어떤 길을 걷든 완벽할 수는 없다. 이루어 낸 것도 영원히 지속될 수 없는 것이다. 명예, 부, 이익 등 생을 통해 얻어 낸 모든 것은 소멸된다.

"모든 것은 소멸됩니다. 우리가 세속에서 가지고 있는 모든 것들은 언제 소멸될지 모르고 무너질지 모르는 것입니다. 당장 갖고 있다고 해도 말이죠. 어차피 사라질 것들인데 미련을 갖고 아쉬워할 필요 없습니다. 삶을 가치 있고 의미 있게 살아가기 위해서 어떻게 해야 하는지를 고민해야죠. 그러한 삶에 대해 말씀하신 분이 부처님입니다."

타성에 젖어 시간 낭비하지 말고
적성에 맞는 수행법을 찾는 자세도 필요하다.

스님은 끊임없이 새로운 것을 찾고자 했다. 정확하게는 자신에게 부합하는 방법을 찾는 시간이었다.

"출가 자체를 후회한 적은 없지만 현실을 수용하는 과정에서는 어려웠습니다. 길은 정해져 있는데 확신이 없었던 거죠. 그것이 가장 힘듭니다. 타성에 젖어 있다 보면 10년, 20년을 그대로 넋 놓고 있기 마련인데 하루빨리 자기에게 맞는 수행의 방법을 찾아야 합니다."

해외 수행처에서 10여 년의 시간을 보내고, 국내에 오자마자 실험적인 공동체를 운영했다. 다시 10여 년 동안 다듬고 다듬어, 일묵 스님에게 맞는 수행의 체계를 만들어 갔다. 그리고 춘천 제따와나선원을 개원했다. 인도를 그대로 옮겨다 놓은 듯한 풍경, 후원과 보시로 이루어지는 사찰 운영, 그리고 자발적인 수행 참여자들의 호응도로 선원의 안정적인 운영을 도모하고 있다.

부처님 원음을 따르겠다는 스님의 발원이 완성 단계에 이르고 있다. 최근에는 서울에 제따와나선원 분원을 개원했다. 서울에서 시작한 제따와나가 춘천에서 힘을 얻어 다시 서울에 선원을 연 것이다. 이론과 실참을 나누어 체계적인 운영을 하겠다는 스님의 의지가 반영된 것이었다.

꽤 오랜 시간이 지났지만, 여전히 스님을 서울대학교 스님으로 기억하는 사람들이 많다. 완전히 세속과 연을 끊으려고 해도 그 유명세까지는 사라지지 않는다. 실제로 출가하는 이들 중에는 스님처럼 고학력자가 많다. 출가 연령이 높아지고 있는 것도 같은 맥락이다.

"예전에 서울에서 포교당을 하고 있는데 어떤 보살님이 오셔서 과외를 해 보는 게 어떻겠냐고 하셨어요. 서울대학교 수학과라고 하면 간판이 좋으니까 그게 더 잘 될 거라고. 물론 안 했죠.

수학은 무질서 속에서 질서를 찾아내는 학문이므로 부처님의 방대한 가르침 속에 핵심이 무엇인지를 발견하는 데는 수학적 사고가 용이했던 것 같아요. 내용을 체계적으로 정리하는 데도 도움이 되었지요. 세속에서 학문을 열심히 했더니, 그때 훈련된 사고력이 수행에도 발휘된 것 같습니다."

출가자의 삶은 모든 것을 내려놓고, 무에서 시작한다고도 한다. 그러나 현실적으로 생각해 보면, 완전히 새로 태어나지 않는 한 이전의 삶과 완전히 경계를 지을 수 없는 것이다.

일묵 스님에게 서울대학교는
어쩌면 불편한 꼬리표일 수도 있다.
하지만 타고난 재능, 기질이
오히려 수행에 큰 힘을 발휘할 때도 있는 것이다.
학력을 기준으로 삼지 않더라도
각자가 가진 기질을 면밀하게 살펴보면
어쩌면 내게도 수행자의 적성이 있는 건 아닐까.
타고난 수학자, 타고난 수행자인 일묵 스님의 이야기에서
출가의 용기를 얻었으면 한다.

epilogue

마음의 병

×

수행으로 극복

×

출가로 행복

저는 출가를 선택했고 그래서 행복합니다.
가치 있고 의미 있는 삶을 살아가기 위해서
어떻게 해야 하는지를 고민해야죠.
그런 삶에 대해 말씀하신 분이 부처님입니다. ☺

일묵 스님 인터뷰

삶을 마무리 짓고
죽음을 이해시키는 일,
생로병사는
스님들의 전공

사회복지사

혜능 스님

늙음을 대하는 태도는 나이가 들어가면서 바뀐다. 분명한 것은 모두가 늙어 가고 반드시 죽는다는 사실이다. 생로병사 속에서 어떻게 늙어 가고, 늙음을 어떻게 받아들여야 할지 고민하는 것은 숙명과 같다.

혜능 스님 118

생로병사의 해답은 불교에서 찾을 수 있다.
그렇기에 우리 사회에서 사람들의 일생에
연관되어 있는 사회복지 분야, 특히 노인복지
에 관한 스님의 의견을 놓칠 수는 없다.

생로병사를 이해시키는 일타 강사는 누구?

바로 스님 이다.

혜능 스님은 서울 금천구립 사랑채요양원에서
노인복지 활동을 전개하고 있다.

나의 장래 희망은
승려였다.

학년이 올라갈 때마다 매번 적어 내던 장래 희망. 언제부터인가 나의 장래
희망은 승려였다. 어린이 법회, 불교학생회를 줄기차게 다녔던 영향이었다.
"조계사 학생회를 다녔던 게 출가하는 데 가장 큰 계기가 되었지요. 매년
부처님오신날이 되면 연등회를 여는데 제등행렬 준비를 하는 것이 힘들었
지만 무척 즐거웠어요. 다들 정해진 날에 멋진 장엄등을 만들어 내야 한다
는 목표로 그냥 열심히 했어요. 어린 나이였지만, 정말 저는 열정적이었다
고요."
결정적인 계기는 책을 통해서였다. 법정 스님의 『오두막 편지』와 마티유 리
카르의 『승려와 철학자』를 읽으며 열다섯 살에 스님이 되어야겠다고 결심
했다.
"해결되지 않는 고민을 안고 있었어요. 늘 궁극적인 행복이 무엇인가를 생
각했지요. 절에서 108배고, 3000배고 절하는 것이 좋았어요. 스님들 법문
듣는 것도 재밌었고요. 지금 생각해 보니 종교에 최적화된 아이덴티티를
갖고 있었나 봐요."
장래 희망은 바뀌지 않았고, 스무 살이 되어서도 풀리지 않던 숙제는 얼마
뒤 떠나보낸 머리카락에서 답을 찾았다. 스물두 살, 희망 사항은 현실이 되
었다.
"열다섯에도 확신이 있었고, 스무 살에도 확신이 있었어요. 나는 어느 때고
출가에 대한 확신이 있었어요. 그런데 스물두 살에 출가를 하고 느꼈어요.
'아! 그건 어슴푸레한 감정이었구나.' 강렬한 확신은 출가 후에 느꼈어요."

"완벽한 행복이 여기 있다."

오랫동안 승려의 꿈을 가져왔기 때문일까, 성인이 되어서도 감각적 행복들로부터 허무함을 느꼈다. 사람들과 만나면 즐겁고 행복했지만 곧이어 헛헛함도 찾아왔다. 마치 가슴에 구멍이 난 듯 채워지지 않았다. 그것은 스무 살이 넘으면서 명확하게 느껴졌다. 성인이 되면 자연스레 해결되리라 믿었던 부분도 있었다.

"구멍은 중요하지 않았어요.
그 구멍을 직시하고 관찰할 수 있는 내가 더 중요했고
누가 채워 줄 수 있는 것도 아니었어요.
세밀하게 자신을 관찰하고, 구멍이 나도
내가 채울 수 있다는 자신감이 중요했습니다.
나를 온전히 이해해야만 행복이 찾아온다는 사실을 깨달았어요.
출가하고 난 다음에 말이지요."

우울한 감정이 구름처럼 몰려올 때가 있다. 워낙 종잡을 수 없는 감정이다. 두 장의 사진이 있다. 하나는 밝게 웃는 모습이고, 하나는 우울한 모습이다. 둘 중 우울한 사람은 누구일까? SNS에 올라온 이 질문의 정답은 예측 가능한 반전, 웃는 모습이다. 알다가도 모를 일이다. 누군가는 우울감을 감추려 웃고, 누군가는 우울감을 드러내려 찡그린다. 스님에게 우울한 사람들에 대해서 물었다.

"방황하는 건 당연해요. 그러나 방치해선 안 돼요. 문제는 방치하고 있는 줄 모른다는 것이지요. 나는 지금 아무것도 할 수 없다는 생각으로 아무것도 하지 않는 상태로 있는 것. 그게 방치예요. 어떻게 해야 할지 몰라서 방황하는 것과 귀찮아서 방치하는 것은 완전히 달라요. 저는 저를 방치하지 않고 뚫어지게 쳐다보는 쪽을 선택했어요. 이십 대에는 뭐라도 해 봐야지요. 제겐 그게 출가였고요."

스님은 견성암으로 출가했다. 젊은 스님이 왔다고 다들 예뻐해 주셨다.

"세상에서 가장 사랑받는다는 느낌이었지요. 행복이 나를 가득 채워 주었어요."

그래도 현실의 벽은 단단했기 때문에 충분한 단련이 필요했다. 여러 사람이 한방에서 모여 사는 것도 수련 과정의 일부였다. 4년 동안의 승가대학(강원) 생활에는 다툼도 있었고 눈물도 있었고 웃음도 있었다. 매일의 감정과 시간은 폭풍처럼 지나갔지만 이후의 삶에 가장 큰 궤적을 남겼다.

"경전을 다 배우면 밝은 지혜가 생기고 행복이 경전 안에 있을 것이라는 생각이 들었어요. 하지만 책 속에만 있는 게 아니더라고요. 출가라는 하나의 공통점만 가진 각기 다른 이들이 모여 사는 방 안에 있었어요. 여러 관계 속에서 이해와 배려, 이치를 논하고 진리를 참구하는 시간들이 켜켜이 쌓여 갔습니다. 수행자로서 어떻게 살아야 하는지 길을 배우는 시간이었어요."

탁마의 시간이 흘렀다. "사실 머리를 깎자마자 후회했고 손빨래를 하자마자 후회했어요. 그런데 머리는 깎고 자라길 반복하다 보니 익숙해졌고, 빨래는 요즘 세탁기가 하잖아요." 강원에서의 4년이 지났고 스님은 진짜 스님이 됐다. 일명 중물이 들었다.

삶은 현실이고
현실의 문제를 해결하는 대안은
불교 사회복지였다.

현재 스님은 서울 금천구립 사랑채요양원 원장으로 소임을 살고 있다. 타복지시설 원장님들과의 차이점은 복장과 가장 젊다는 점이다. 스님은 어쩌다가 이렇게 어르신들 틈으로 들어오게 됐을까. 스님은 강원을 다니며 줄곧 포교를 해야겠다 마음먹고 있었다. 계층 포교에 주안점을 두고 군에 들어가 군법사로 활동하기도 했다.

"군 포교에서는 삶의 답을 스스로 찾게 하는 데 목표를 뒀어요. 그런데 노년층을 향한 포교는 방법이 달라요. 이미 각자의 답을 정해서 살아왔고 지금은 그 결과를 맞이하는 단계거든요. 인간으로 삶을 존엄하게 마무리할 수 있도록 돕는 데 중점을 두지요. 치유나 명상이 젊은이들에겐 효과가 있지만, 어르신들에게 존엄한 마무리의 기회까지 주지는 못하고 있어요. 노인복지 분야에서의 포교가 필요하다고 생각했던 이유입니다."

통계청 조사에 따르면 대한민국의 60세 이상 장노년층은 우리 사회에서 늘려야 할 복지서비스로 보건의료건강관리와 노인돌봄서비스를 꼽았다 (2021년 통계청). 그리고 노후를 위해 의료 · 요양보호서비스가 필요하다고 했다. 고령자일수록 사회복지시설에 대한 요구가 높았다. 흥미로운 사실은 나이가 적을수록 노후에 취미생활과 자기 계발을 하겠다는 답이 압도적이었으나 60세 이상부터는 노후에 하고자 하는 분야가 매우 다양해진다. 특히 종교활동을 하겠다는 응답자 수가 거의 10%에 이른다. 여기서 중요한 것은 두 가지다. 이제 사람들은 자신의 노후를 국가와 시설에 많은 부분 의존하고 있다는 점과 나이가 들수록 종교활동이 꽤 중요한 부분을 차지한다는 점이다.

"명상지도와 상담지도를 위한 공부를 하고 있어요. 어르신들과 함께 지내다 보니 무엇이 중요한지 알겠더라고요. 이 요양원은 금천구로부터 위탁받아 운영하는 곳이에요. 시설이나 직원 등 모든 것이 잘 갖추어져 있지요. 여느 조직이 그렇듯이 시설을 잘 관리하고 적정한 인원이 사명감을 갖고 역할을 해 내면 유지되는 데 문제가 없습니다. "

"가만히 지켜보니
사회와 조직이 할 수 없는 것이 눈에 들어왔어요.
인본적인 가치나 정신적인 측면의 지지자.
명상과 상담을 통해 정서적인 의지가
되어 줄 수 있겠다는 생각을 했어요."

혜능 스님   124

무작정 들이댈 수는 없었다. 노년을 살아 본 적이 없으니, 그들의 입장이 되어 보는 일부터 시작해야 했다.

"어르신들은 자존감이 강하세요. 존중받고 있다는 느낌을 줄 수 있는 언어와 태도가 필요합니다. 존중과 배려, 이해를 기본으로 해서 자신의 삶을 고귀하게 느낄 수 있도록 도와드리는 일부터 시작했어요. 나이가 들었다는 건, 늙을 날이 얼마 남지 않았음을 의미해요. 팔십이 되어도 지금 이 순간이 가장 젊은 날이에요. 아무리 잡으려 해도 행복과 지금은 항상 여기에 없다는 것을 이해시켜야 합니다. 그래야 내일이 되기 전에 행복할 수 있으니까요. 조금이라도 빨리 행복해지려면 당장 지금 행복을 막는 것부터 멈춰야 해요. 화내지 말고, 속상하지 말고, 슬퍼하지 마세요. 행복하기에도 모자라는 시간이니까요."

그간 출가자로서 공부해 온 경전의 내용,
그리고 마음의 움직임 등은 이곳에서 값지게 쓰였다.
벗이 되어 대화를 나눌 때는 부처님 말씀이 요긴하게 쓰였고
분노하는 어르신들을 다독이는 데에 위안의 한마디를 전할 수 있었다.
치매를 앓는 어르신도 다르지 않았다.
잊으면 잊는 대로 스님은 처음처럼 어르신께 다정한 인사를 건넸다.

"승려라면 추구해야 할 덕목들이 있고, 개인적으로 추구하고 싶은 덕목들이 있어요. 그것들을 온전히 잘 사용함으로써 요양원에서의 어르신들을 행복하게 할 수 있고, 나아가 사회복지에 큰 도움이 되리라 믿어요. 불교에서는 근본적으로 체體와 용用으로 세상을 봅니다. 근본이 되는 것이 체라면, 움직임은 용이 되는 것입니다. 파도를 예로 들면 파도의 본질, 즉 체는 물입니다. 굽이치고 흔들리는 파도의 모습은 용입니다. 부처님의 가르침을 체로 삼고, 이 시설을 용으로 삼아 내면의 것으로만 머물지 않고 싹을 틔우는 장으로 대하는 것입니다. 저는 지금 제 눈앞에서 노년의 모습을 확연하게 보고 있습니다. 죽음과도 가장 가까운 거리에 있는 겁니다. 어르신들을 위한 일이면서 동시에 제 수행의 시간을 보내고 있는 중입니다."

후회하고 싶지 않을 때
더 후회할 일이 생기더라.

요양원에 있으면 어르신들의 하소연도 많이 들린다. "젊었을 때 그러지 말 걸." 후회는 불현듯 떠오르기도 하지만 회복할 수 없는 시기가 왔을 때 더 깊게 상처를 남긴다. 돌아갈 수 없는 건 당연하다.

"인생을 살면서 후회하지 않는 선택을 하려고 할 때 실수를 많이 하게 돼요. 출가를 후회하지 않느냐고요? 제가 만일 20대로 돌아가 출가를 하지 않고 사회생활을 했다면 전 후회할 선택을 더 많이 했을 거예요. 선택이라는 게 그래요. 51:49입니다. 딱 1의 차이로 한쪽을 선택하고 다른 한쪽을 포기합니다. 선택하고 나면 결론은 100:0이 됩니다. 49는 아무런 의미가 없어지고 선택한 이상 다른 쪽을 돌아볼 이유가 없습니다. 고민하기까지는 오래 걸렸지만 결론은 100이 되었다는 것입니다."

복지는 불교와 접점이 상당히 많다. 복지에는 타인을 생각하는 이타심이 있어야 하고, 포용해야 하며, 희생하는 자세가 필요하다. 대한불교조계종사회복지재단의 설립 이념은 다음과 같다. "부처님의 자비와 구제 중생의 원력으로 불교계의 인적 · 물적 복지자원을 개발 · 활용함으로써 국민복지 지원과 진흥에 이바지한다." 부처님의 자비로운 마음, 중생 구제의 이념에 입각하여 복지를 구현한다는 것이다.

"복지관은 여러 계층을 만날 수 있는 포교와 전법의 장이 됩니다.
배운 바를 실천하고, 또 현장에서 사람들의 다양한 모습과
현상을 목격하면서 수행의 양분으로 삼을 수 있습니다.
나도 성장하고 타인도 성장할 수 있는 곳이 바로 복지의 현장입니다."

특히 노인복지 현장은 삶과 죽음이 교차하는 지점이다. 생로병사의 화두가 눈앞에 존재하는 곳이다. 끊임없이 삶과 죽음에 대해 고민하게 한다.
"인생 수업이 여기 있어요. 우리가 추구할 수 있는 것들 중 가장 최상의 가치를 가진 것은 무엇일까요? 명품 가방, 비싼 시계, 화려한 외모가 최상의 가치라면 그것들은 언제까지 지속될까요? 저는 제가 할 수 있는 일들 중에서 가장 가치 있는 일은 자아를 탐구하는 일이라고 생각했어요. 내가 추구하는 가치나 자신을 발견하는 일이 본질이라고 봤어요. 외부의 문제나 바깥의 경계는 지엽적인 요소이고 우리는 생로병사에 얽매여 있고 모든 것들은 영원하지 않습니다. 늙음이 다해 죽음에 이르는 삶의 모습을 보면 자신 아닌 모든 것들이 얼마나 부질없는지 알게 되지요."

어르신들을 통한 간접 체험의 영향일까. 스님은 살아가는 데 있어 경험의 중요성을 특히 강조했다.

"생각해 보면 본인의 입장에서는 정말 많은 고민과 생각을 했을 거예요. 그런데 조금만 지나 보면 알아요. 내가 얼마나 적은 경험에 기반한 고민을 했는지. 경험이 많은 사람은 두려움이 적어요. 그래서 고민의 시간도 짧지요. 머뭇거리는 시간이 길다는 건 경험이 부족하다는 것이고 짐의 무게를 훨씬 크게 느끼는 것입니다."

경험은 나이에 비례하는 문제이기도 하다. 어릴수록 경험이 부족할 수밖에 없다. 물론 상대적일 수는 있다. 그렇다면 스님도 너무 어린 나이에, 경험이 부족할 때 선택을 한 건 아닐까.

"몸이 부지런해지면 고민의 결이 단단해지고 가벼워져요. 경험이 적으면 생각만으로도 스트레스가 많아집니다. 감당할 수 있는 스트레스를 받는 선에서 많은 경험을 했으면 좋겠어요. 저는 출가 역시 그러한 경험의 일부라고 생각해요. 경험의 일부로 출가를 대하는 것도 괜찮아요."

출가는 영구적인 수행자로서의 삶이 아니었던가.
모든 것을 포기하고 오직 수행자가 되겠노라 선언하는 것이 아니었던가.
그런데 스님은 오히려 가볍게 생각해도 된다고 한다.

"우리가 하는 수많은 경험은 제각각이에요. 공부 따로, 노는 것 따로. 이 풍부한 경험들을 하나로 관통할 수 있는 힘이 있어야 하는데 그것이 불교입니다. 나의 경험을 통합적으로 완성하는 데 불교가 필요한 것입니다. 요즘 MZ세대를 이야기하는데, 저랑은 먼 세대가 아니에요. 경험할 수 있는 기회는 적었고, 부족한 경험에서 오는 좌절에 그대로 주저앉아요. 애초에 기회도 없었는데 말입니다."

혜능 스님 　　　130

자연 속에서 살았던 사람은 자연의 삶을 이해하지만, 도시는 그런 경험을 주지 않는다. 하늘을 보며 비가 올지 그칠지 시리(siri)에게 물어보면 다 아는데 자연을 읽을 필요가 있을까. MZ세대는 직접 경험이 아닌 정보의 유통에 의해 간접 경험을 얻는다. 그건 그들의 탓이 아니라 인간의 삶이 편리해진 대가다. 경험 속에 지혜가 있는데, 지혜를 얻을 기회가 없었다는 것이다.

"직접적으로 경험할 수 있는 기회, 그것도 이미 지혜가 갖춰져 있는 집단 속에서의 체험. 그것이 이 시대의 출가라고 생각합니다. 출가했다가 힘들면 좌절하고 포기하면 돼요. 절에 들어갔다고 해서 인생이 180도로 갑자기 바뀌지 않아요. 하지만 최소한 그 안에서의 좌절은 여러분이 살아가는 데 반드시 필요한 지혜를 제공할 거예요. 저처럼 이렇게 사는 게 행복하고 즐겁고, 수행자로서의 삶을 선택한 것을 최상이라 생각한다면 계속 수행하고 정진하는 출가수행자로 살아가면 되는 것이고요. 참 쉽지요?"

건강하게 살 수 있는 평균 나이가 70세라고 했을 때, 20대에 출가하면 50년을 수행할 수 있다. 40대에 출가하면 30년을 수행할 수 있다. "빨리 출가할수록 나를 위해 쓸 수 있는 시간이 길어지는 거예요. 그러니까 되도록이면 이른 나이에 출가해서 더 많은 경험을 하는 게 좋겠지요. 수행자로서 수행하는 것과 사회 구조에 이끌려 살아가는 것과는 확실히 다른 경험이 될 거예요."

epilogue

감당할 수 있는 스트레스를 받는 선에서
많은 경험을 했으면 좋겠어요.
저는 출가 역시 그러한 경험의 일부라고 생각해요.
경험의 일부로 출가를 대하는 것도 괜찮아요. ☺

시리(siri)야, 출가 방법 알려 줘
× 이번 생은 출가

혜능 스님 인터뷰

출가는
자유를 위한 발돋움

자기 자신과의
만남을 통해
다른 세상을 열어
보이는 것

불교철학 박사

법지 스님

"삶과 죽음에 대한 끊임없는 사색이
출가로 이어지지 않았나."
그렇게 법지 스님은 당신의 표현대로
'홀연히' 스님이 되었다.

부산 대원사에 주석하고 있는 법지 스님은 중국 남경대학교로 유학하여 박사 학위를 취득했다. 15년이라는 긴 시간 동안 중국에 머물며 중국의 조사선과 종파 연구에 매진했는데 그 시간들은 후배스님들이 유학할 수 있는 길을 열어 주었으며 학문적인 완성은 수행의 기틀을 마련하는 배경이 되었다.

중국으로 간 한국 스님, 스님의 유학생활은 어땠을까.
법지 스님은 무엇을 위해 떠난 것이었을까.

죽음에 대한 유년 시절의 고민이
가출에서 출가로
불교에 귀의한 인연으로 이어져

"삶과 죽음에 대한 끊임없는 사색이 출가로 이어지지 않았나."
그렇게 법지 스님은 당신의 표현대로 '홀연히' 스님이 되었다.
출가에 특별한 계기는 없었다. 출가라기보다는 가출에 가까운 시작이었다.
부모님께 허락도 받지 않고 집을 나왔다가 절에서 밥 한 그릇 얻어먹은 계
기로 출가하게 되었다. 어릴 때부터 죽음을 두려워했다는 스님은, 어쩌면
죽음에 대한 두려움과 생각이 출가의 인연으로 이끌리게 된 것은 아닌가
짐작해 본다.
"가출하고 절에서 지낸 지 얼마쯤 되었으려나. 열여덟이 되던 해 3월, 절에
서 부처님오신날 행사 준비를 하다가 출가했습니다. 그냥 인연이 되어 살
았던 건데 처음에는 무서웠던 것들이 익숙해지고 두려움이 사라지고 나니
이곳이 제가 살 곳이 되었던 것입니다."
엄한 은사스님을 만나 꽤 고된 행자 생활을 시작했다. 무려 7년이었다.
어느 날 통도사 전 전계사 혜남 스님을 만나 뵙고 인사를 드렸는데, "아이
고, 스님 밑에서 7년 살았으면 검증할 필요도 없다."라고 말씀하실 정도로
엄하신 스승이었다. 되돌아보면 어린 나이에 망상을 피울까 노심초사 제자
를 보살펴 주신 스승이었다.
"행자 7년 차에 범어사에 계를 받으러 갔습니다. 그런데 범어사에 계신 스
님께서 저를 보시더니 행자가 뻣뻣하다며 돌려보내셨습니다. 그래서 행자
생활이 또 길어졌지요. 행자 때부터 깨달아 보겠다고 오기를 부리며 단식

수행을 했는데 스스로 아상이 높았던 것 같아요. 은사스님께서 그걸 알아 보시고 엄격하게 저를 가르쳐 주셨어요. 은사스님께서는 염불도, 설법도, 참선도 잘하는 소위 팔방미인이셨습니다. 언제나 '견성성불見性成佛해서 전법도생傳法度生하라.'고 말씀하셨죠. 그때는 참 어려운 말씀이었는데 그것이 곧 조계종 종지宗旨였다는 걸 나중에 알았습니다. 은사스님께서는 하나라도 저에게 더 일러 주려고 하셨습니다."

늦은 만큼 승가대학(강원)에서의 시간은 스님에게 천금같이 귀중했다.
예불을 올리고 간경을 하며 하루를 보냈지만
자는 시간 외에 바닥에 등을 붙여 본 적이 없었다.
다른 데는 관심이 없고 오직 법에만 관심이 있었다.

"강원에 들어가서는 은사스님께서 부처님 경전을 많이 암기하라고 하셔서 치문부터 시작해서 노트에 필기를 하면서 외웠습니다."
수지경론에 충실해야 참선을 하더라도 옳고 그름을 가릴 수 있다고 했다. 『금강경』만 잘 봐도 견성할 수 있다는 선사들의 가르침은 스님에게 공부의 길을 일러 주었다.
"발심發心에는 선후가 있어도 오심悟心에는 선후가 없다고 했습니다. 깨달음 이란 홈런을 한 방에 날릴 수 있다는 게 대단하다고 생각했습니다. 경전을 유독 집중해서 봤는데, 경전이 문자이긴 하지만 그것을 제대로 아는 것이 도에 가까워질 수 있는 길이라 생각했습니다. 문자를 통해 확신을 가진 다 음에 체득으로 이어질 수 있기 때문입니다."

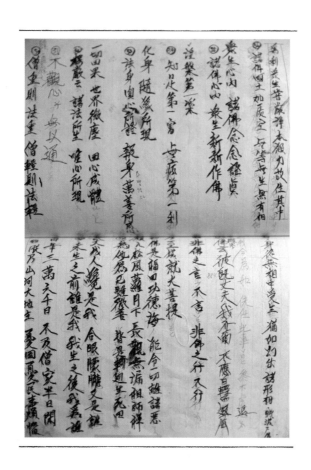

스님은 문자를 읽고 뜻을 풀어내는 게 좋았다.
강원에서의 공부를 통해 학문에 대한 열의를
확인하는 시간이었다.

학문 성취의 즐거움이
더욱 깊은 수행의 길을 열어 주었다.

스님은 중국에서 15년간 유학 생활을 했다. 한국에서 유식으로 학사 학위를, 무아無我로 석사 학위를 취득했는데 강원에서 여러 경전을 섭렵한 학문적 바탕이 큰 도움이 되었다. 물론 학문적 성취 이전에 반드시 해야 할 결정들이 남아 있었다.

" '무아를 통달하면 여래가 인정하는 보살'이라는데 거기에 대한 답을 얻고 싶었습니다. 부처님께 직접 물어야 했죠. 그래서 서른 살 무렵 인도에 갔습니다. 사무침을 느꼈습니다. 쿠시나가르에서 온몸으로 뒹굴면서 있는 그대로를 느꼈습니다. 길을 걷다가 하염없이 눈물을 흘리기도 했지요. 붓다가 가신 지는 오래되었지만 그곳에서 뭔가 교감이 이뤄짐을 느꼈습니다."

기원정사에서 꿈을 꾸었는데 탁발하는 법지 스님의 뒤에 부처님이 서 계셨다. 부모님이 곁에 계신 듯 편안한 기분이었다. 1년간 인도에서의 경험은 스님의 다음 진로를 선택하는 데 결정적이었다. 스님은 중앙승가대학교에서 학부 과정을 마치고 백법명문론을 중심으로 유식을 공부했으며 동국대학교 불교대학원 석사 과정을 졸업하고 이후 중국으로 유학을 떠났다.

"결국에는 마음으로 귀결된다고 생각했습니다.
부처님께서는 이것을 마음이라고 꼬집어 얘기하지는 않았지만
기저에 마음을 깔고 이야기하셨습니다.
다만 드러내 놓지 않으셨을 뿐입니다.
그래서 마음을 집중적으로 파고들어야겠다는 생각이 들었지요.
마음을 밝혀 놓은 데가 바로 중국선이므로
자연스럽게 중국으로의 유학을 결정하게 되었지요."

인도의 선은 중국에서 꽃을 피우고 열매를 맺었다. 인도에서 중국으로 흘러간 선의 흐름을 이해하는 것이 중요했다. 은사스님께서 늘 말씀하셨던 견성성불의 뜻을 좇으며 실마리를 찾아 나섰다.

"하택 신회 스님(荷澤神會, 685~760)께서 견성성불*을 처음 얘기하셨습니다. 본성을 보고 성불한다는 것을 탁 짚어서 드러내신 분입니다. 조계종 종지의 시작점이 거기에 있는 것입니다. 그리고 신회 스님의 스승이 혜능 스님(惠能, 638~713)입니다. 혜능 스님의 어록을 중심으로 하면 공부에 가닥을 잡을 수 있겠다고 생각했습니다."

"부처님께서는 제법무아**까지 말씀하셨습니다. 분명히 불성을 설하기는 했지만 확답은 안 하셨습니다. 견성성불에는 주인공이 있습니다. 그러면 무아와 상충되는 것입니다. 부처님께서는 중생도 부처가 될 수 있는 잠재력을 가지고 있다고 하셨습니다. 부처가 될 주인공이 있어야 하지만 아我가 없다는 것이지요. 여지를 남겨 두신 겁니다. 본래 깨닫고 나면 본체의 자리는 비어 있는 법입니다. 그렇기 때문에 부처님께서는 무아까지만 설하신 겁니다. 아무것도 없는데 말을 하면 상相이 되어 버립니다."

**견성성불의 요지를 파고들자 법에 대한 분명한 확신이 생겼다.
불교의 교법으로 보면 아我가 존재해야 한다.
스님은 그것을 보다 체계적으로 공부하는 데 뜻을 두었다.**

"생이 있으면 사가 있고, 열반***이 있으면 번뇌가 있습니다. 모든 것은 이렇게 서로 기대어 있습니다. 이것이 연緣입니다. 동시에 공존하는 것이지요. 내가 있으면 타인이 기대어 있는 것이고, 금생이 있으면 전생이 기대어 있는 것입니다. 부처님께서 무아無我라고 하셨으면 거기엔 아我가 기대어 있는 것입니다. 하지만 유일하게 혼자 존재할 수 있는 게 있습니다. 그것이 자성自性, 불성佛性입니다. 곧 자유자재입니다."

즉신성불即身成佛,
금생에 성불하려는 조사선 연구로
수행의 일치 이루어

참나는 체험해야 한다는 것. 부처님이 제법무아 이후의 견성성불에 대해 말씀하지 않은 까닭이라 설명했다. 중국의 선사상은 이 점을 간파했다. 부처님께서 말씀하시지 않은 견성성불, 불성의 자리를 이생에 파헤치겠다는 특유의 성미가 있었다.

"중국 사람들은 지극히 현실주의자들입니다. 인도 사람들은 이생에 못하면 다음 생에 하리라는 생각이 있는데, 중국 사람들은 금생에 끝장을 보겠다는 입장이었습니다. 인도의 선종이 중국으로 넘어오다 보니 부처님께서 '마음'에 대해 설명하지 않은 것을 두고 자기들이 금생에 파헤치려 하는 겁니다. 그것이 즉신성불即身成佛로 이어집니다. 그리고 견성성불이라, 불성은 어디에 존재할까를 고민하고 깨달은 방법까지 이야기하신 분이 바로 혜능 스님입니다. 불성을 정리하고 연결시킨 중국의 부처님이 된 것입니다."

그런 맥락으로 스님은 중국 선종사에 더욱 몰두하여 연구했다.

"선종사에 수많은 걸출한 스님들이 등장합니다. 그분들의 일대기를 공부하고 사상을 연구하다 보면 어떤 스승이 내게 적합한 가르침을 주는지 알 수 있습니다. 나는 이렇게 수행하면 되겠다는 확신을 갖게 되는 것이지요."

---

*　자기 본래의 성품인 자성을 깨달아 부처가 됨.
**　이 세상에 존재하는 모든 사물은 인연으로 생겼으며 변하지 않는 참다운 자아의 실체는 존재하지 않는다는 생각.
***　모든 번뇌의 얽매임에서 벗어나고, 진리를 깨달아 불생불멸의 법을 체득한 경지.

"박사 학위를 받아서 도를 깨칠 것 같으면 다 깨쳤겠지요.
박사 학위를 받은 건 일종의 이론을 정립한 겁니다.
이론은 또 다른 이론을 낳습니다.
완벽하지 않은 거죠. 저는 학업을 통해서 이론을 바로 세우면서
제 수행의 방향을 정하는 방편으로 삼은 것입니다."

중국 선종은 복잡한 계보로 이어져 있다. 쉽게 얘기하면 달마대사를 시작
으로 혜가, 홍인, 혜능 스님 등 걸출한 스님들의 계보를 연구하는 것이 중국
의 선종사다. 그리고 이러한 중국 선종사의 배경은 '불성佛性'을 어떻게 보느
냐의 문제와 계합된다.

앞서 말했듯 부처님은 불성의 존재를 인정했지만 정확하게 무엇이 불성인
지 확답은 내리지 않았다. 깨달은 선사들은 불성을 수행과 체험으로 증명
한 것이다. 불성을 구체적으로 파헤치는 것이 불성론이다. 근대 불성론을
망라하여 연구한 대표자가 라이용하이 교수이다. 그가 정립한 불성론은 현
재 중국불교사 연구에 있어서 학계에서 최고로 인정받고 있다. 불성론은
불성 사상의 기원과 역사적 변천 과정, 사상체계를 연구하여 중국 불성 사
상의 전체적인 모습을 심도 있게 조명한 현대 중국불교계의 역작이다. 법
지 스님은 이러한 라이용하이의 불성론을 한국어로 번역 출판했다.

"현대를 살아가는 사람으로서 좀 더 확실하게 불성에 접근해 보고 싶었습
니다. 부처님의 경계는 고귀하고 높아서 하늘에 떠 있는 달과 같습니다. 내
가 노력하면 그 달을 가질 수 있는 것이지요. 혜능 스님은 불성을 깨달았습
니다. 그러니까 달을 내 마음속에 넣어 버리는 겁니다. 이것이 즉심즉불, 마
음이 부처가 되는 겁니다. 그래서 불성은 평등하다는 게 혜능 스님의 입장
이고 중국 불성론의 기초라 할 수 있습니다."

현재 중국불교를 견인하고 있는 것은 라이용하이 교수의 불성론이다.
그리고 그것을 한국 학계에 전면적으로 소개한 이가 법지 스님이다.
이는 중국 선사상 연구의 결과물이기도 했다.

"학문이 되었든 법이 되었든 접근 자체가 모호하지 않고 좀 더 정확하게 믿음을 갖고 싶었지요. 중국 유학을 통해서 조사선의 어록을 대부분 섭렵했고 흐름을 읽을 수 있었습니다. 나름대로 조사선은 이와 같은 것이고 수행은 이런 것이라는 확신을 가지고 결론을 찾았습니다. 제법무아에 바탕을 두고 견성성불을 밝히는 것이 저의 최종 목적이지요. 수행이라는 한 가지만 남겨 두고 모든 것을 잘 마무리 짓고 돌아올 수 있었던 중국 유학이었습니다."

불교의 학문적 연구, 재가자의 한계를 넘어 출가자의 입장에서 유리하게 접근

학문적 성취만 보면 스님은 조사선 연구에 있어서 공부를 완성했다. 출가수행자로서 선을 연구하는 일은 당연한 과정이겠지만, 학생으로서 학문을 쌓아 간다는 데에는 다소 어려움이 있었다. 하지만 의외로 한국 스님의 중국 유학에는 여러 이점이 작용했다.

"한자 문화권이라 국내에서 한문 경전을 읽는 데는 능숙했지만 언어적인 한계가 있었기 때문에 중국어를 준비했습니다. 그리고 1년 정도는 영어 공부를 했지요.

중국에는 한국 스님들에게 매우 호의적인 문화가 있습니다. 다만 사회주의 국가라 포교를 하는 건 절대 금지되어 있는데 그 경우를 제외하고는 한국 스님들이 공부하기에 좋은 환경이 갖춰져 있습니다.

저는 양무제 때 창건된 중국 난징 영곡사靈谷寺에서 머무를 기회를 얻었습니다. 중국에서도 오래된 고찰인데, 방을 내어 주셔서 중국 스님들과 함께 생활하며 공부를 이어 갈 수 있었습니다. 어떻게 보면 한국 스님이라는 특혜를 받은 것이지요."

한국에서와 마찬가지로 사찰에서 지내며
예불을 올리고 일상 정진을 이어 갈 수 있었기에
오직 공부와 수행에 집중할 수 있었다.

스님은 남경대학(난징대학)에서 박사 과정을 밟았다.
"중국에는 기본적으로 한국 스님을 존중하는 문화가 있는 데다가 중국의 명문대로 꼽히는 남경대학에서 공부하고 있으니 중국 스님들께서 더 살뜰히 챙겨 주셨습니다. 영곡사에서만 15년 동안 지냈는데, 지금까지도 스님들과 교유가 깊어서 그곳에 제 짐이 그대로 있을 정도니까요. 어떻게 보면 정말 편안한 유학 생활을 했지요."
그 단단한 관계 속에서 그동안 마음에 맺혔던 일들을 하나하나 풀어 나갔다. 틈날 때마다 중국의 종장이 계셨던 본사 사찰들을 순례했다. 대부분의 종파 사찰을 다 둘러보고 기록의 역사와 산 역사를 직접 체득하는 시간이 되었다.
"중국 선원에서도 살아 보아야겠다는 생각이 들어서 여러 경험들을 했습니다. 제가 특별했던 건 아니고 한국 스님이라면 중국 어느 사찰에 가서도 특별한 어려움 없이 참배하고 순례할 수 있는 환경이 잘 갖춰져 있습니다.

조사스님들을 연구함에 있어서 중국인들의 가치관이나 특징에 대해 알아 가는 것도 큰 도움이 됐습니다. 우리나라 사람들은 특징적으로 살불살조殺佛殺祖가 되지 않습니다. 부처를 죽이고 조사를 죽인다는 말이 굉장히 무서운 말입니다. 중국 사람들은 스승이고 제자고 무자비하게 엎어 버립니다. '부처를 두고 부처가 되기 어렵다.' 이것이 중국 사람들의 신조인데 곁에서 보면 이런 특징들이 확 느껴집니다. 그러니까 조사스님들의 강한 어조, 극단적인 언어나 행동들이 이해되는 것입니다."

중국에서의 시간은 수행은 물론 학문적으로도 채워지는 시간이었지만 특별한 인연을 만나는 계기도 되었다. 그것은 중국 5대 종파를 하나로 모은 정혜 스님과의 인연이었는데 정진하며 많은 문답을 나눈 선지식이다. 스님은 귀국 후 이러한 이야기들을 정리하여 중국선종 사찰 순례에 관한 기록을 남기고, 선종 강의를 통해 후학 양성에 힘쓰고 있다.

출가를 통해 얻은 자유자재함으로
한 가지 일에 몰두할 수 있었다.

"출가를 하면 먹고사는 걱정이 없지요. 늦게 공부한다고 해도, 먹고 살 걱정이 생기면 공부를 시작조차 할 수가 없어요. 저는 고등학교를 검정고시로 마치고 대학에서 대학원까지 학업을 이어 갈 수 있었습니다. 만약에 출가하지 않고 세속에서 공부하라고 했으면 못했겠지요. 큰 저수지를 만들어야 많은 물을 저장할 수 있는데, 틀 안에 갇혀 작은 웅덩이밖에 팔 수 없는 것과 마찬가지입니다."

**"출가는 자유자재함을 얻어 자신의 큰 저수지를 만드는 겁니다.
출가자로서 얻는 제약은 극히 일부입니다."**

스님은 출가자로서의 제약에 대해 영명 연수 대사의 예를 들었다.
"영명 연수 대사께서는 어떤 사람이 칼을 가지고 간을 베어 내는데도 목석처럼 아픔을 느낄 수 없다면 그때는 고기를 먹어도 된다고 하셨습니다. 그 말은 출가에 따르는 제약은 더 큰 미래를 위한 구속이지 경계를 넘어서면 자유에 이른다는 뜻입니다."

스님에게 출가는 자유를 위한 발돋움이었으며, 동시에 학문적인 성취를 이루는 중요한 관문이었다. 이론적인 체계를 완성하니 담대한 정진이 가능했다.

"세상의 공부는 금생만 바라보고 하는 겁니다. 아무리 공부를 해도 금생에 도움을 주는 것이지 내생까지 이익이 되지는 않아요. 하지만 불교 공부는 다릅니다. 일생의 공부만 마치는 것이 아니라 천년만년의 공부를 한 번에 다 하는 것이지요. 한 단계 한 단계 나아갈수록 성취감과 보람을 느낄 수 있습니다. 어느 때에 이르러 돌아보면 세상 사람들은 이 느낌을 가질 수 있을까 하는 만족감을 얻을 것입니다. 용기 있는 젊은이라면 한 번은 반드시 해 봐야 한다고 생각합니다. 자기 자신과의 만남을 통해 다른 세상을 열어 보이는 것, 출가로 이룰 수 있는 경험입니다."

스님의 공부는 끝나지 않았다. 암기하며 외웠던 문자들은 스님 안에 들어와 체계화되고 정립되었으며 이론과 실제, 학문과 수행이 균형을 이루었다.

epilogue

불교학문 연구 × 자유로운 출가자
× 하고 싶은 거 다 해

단언컨대
수행과 학문을 균형 있게 이룰 수 있는 것,
출가자만이 누릴 수 있는 혜택입니다. ☺

법지 스님 인터뷰

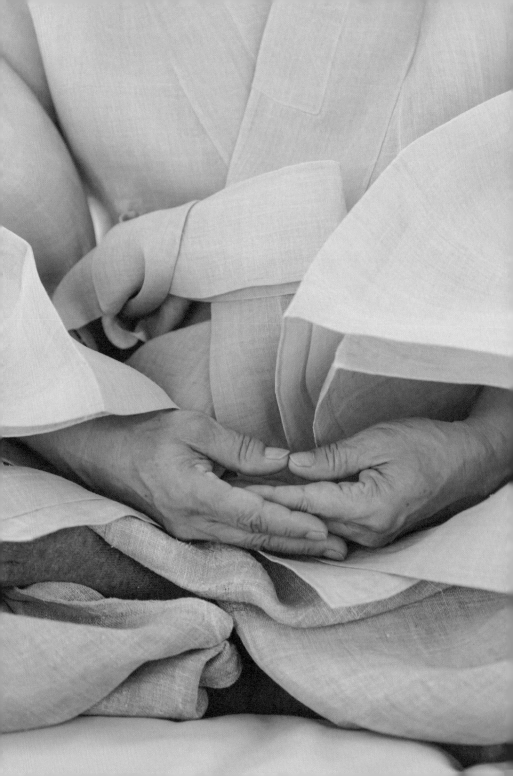

이 뭣고 !

깨달음으로 가는
확실한 길

도道를 닦고 싶어 출가했다는 스님의 이야기는
수행이 무엇인지, 어떻게 해야 바른 수행의 길로
들어설 수 있는지 우리에게 해답을 들려준다.

전국선원수좌회 전 공동 대표
의정 스님

의정 스님은
전국선원수좌회 전 공동 대표이자 상원사 용문선원장으로
평생을 참선 수행에 매진해 온 대표적인 분이다.

**내가 애써 찾은 답은
부처님의 삶.
그와 같이 살고자 출가했다.**

구도求道, 도를 구하겠다는 소년의 원대한 꿈은 출가로 완성되었다.
"인생의 목표를 고민했다. 나는 무엇을 위해 살아야 하는가. 이 세상에서 내가 무엇을 할 수 있을까. 부자가 되는 것, 명예를 얻는 것, 쾌락을 즐기는 것, 어느 하나도 나를 만족시킬 수 없다고 느꼈다. 인생 최고의 가치를 부여할 만한 대상이 되지 못했다. 소년에서 청년이 되는 동안에도 답을 찾지 못했다. 그리고 어느 여행지의 길목에서 깨달았다. '성인의 길에서 답을 찾겠다. 나도 그를 따라 구도자가 되겠다.' "
상원사에서 수행하고 있는 의정 스님은 평생 참선 수행에 매진했다.
1973년 출가하여 50년 동안 구도자로 살아왔다. 일찍이 인생의 목표를 고민했고, 고민 끝에 불교라는 답이 있었다. 문제를 해결하기 위해 스스로 입산의 길을 선택했고 인생을 이해하지 못할 나이에 인생을 생각했다. 그래서 스님은 출가 이전의 자신을 '어린 구도자'라고 설명했다. 그리고 지금은 스스로를 '출가한 구도자'라 부른다.

경기도 용문산 상원사는 좌우로 백호와 청룡의 기운이 성성한 산맥을 끼고 있다. 정면으로는 산이 겹겹이 둘러싸여 있어 안정감을 준다. 앉은 자리에서 먼 산을 바라보되 참선자는 오직 의단독로疑團獨露를 향해 있다. 수행하기에 최적의 장소인 상원사처럼 전국에는 역사 깊은 수행처가 유지되고 있다. 한국불교에는 전 세계에서 유일하게 간화선 수행이 남아 있다. 대표적인 간화선* 수행의 공간이 바로 선원禪院이다. 스님들은 안거 기간 동안 선원에서 집중 수행 정진을 하고, 산철**에는 만행***을 통해 여러 곳을 두루 다니며 각자 수행하는 기간으로 삼는다. 간화선 수행을 집중적으로 하는 스님을 수좌라 부른다. 전국에 1,800여 명의 수좌가 있는데 세계 어디와도 비교할 수 없는 소중한 수행자다. 이들은 포교를 하거나 사찰에서 별도의 소임을 맡지 않고 오직 수행에만 집중한다.

"구도하고 싶어 출가했고, 출가하고 보니 구도하기 가장 좋은 곳이 절이더라."

의정 스님이 출가의 길을 선택한 것도, 간화선 수행의 세계화를 위해 매진한 것도 간화선이 바로 구도를 완성하는 해답이라는 믿음 때문이었다.

---

* 화두를 이용해서 진리를 깨닫고자 하는 수행법.
** 안거 기간을 제외한 기간.
*** 여러 곳을 두루 돌아다니면서 닦는 수행.

수행이 하고 싶은데
출가하지 않을 이유가 없었다.

스무 살이 넘어서도 인생의 목표에 대한 답을 찾지 못했다. 그러던 중 우연히 친구들과 무전 여행을 떠나게 되었다. 돈 없이 무작정 젊음의 패기만을 주머니에 채우고 떠난 여행이었다. 철로를 따라 걸으며 때론 밥을 얻어먹고, 쪽잠을 자며 길을 걸었다. 여행의 여정은 힘들지 않았다. 그저 마음의 갑갑함이 해소되지 않았을 뿐이었다.

"여행을 함께 떠난 친구들은 각자 목표가 있었겠지요. 하지만 나는 '찾으려고' 했습니다. 목표를 찾지 못했으니까요. 보름 동안 함께 걸어가는데 전라남도 목포까지 가서도 답을 못 찾으면 몸을 던져야겠다는 생각까지 했습니다. 그러다가 결국 목포까지 갔는데 번뜩 그런 생각이 들었습니다. '나만 이런 고민을 하는 건가?' 분명 나보다 앞서서 누군가는 같은 고민을 했을 거란 말이죠. 실마리를 잡고서야 여행을 잘 마쳤지요."

스님은 옛 성인의 삶을 생각했다. 소크라테스, 예수, 공자, 그리고 석가모니. 막연히 이들의 삶에 스님이 생각하는 '인생의 목표'에 대한 답이 있을 것이라 생각했다. 여행을 마치자마자 곧바로 철학서들을 섭렵하기 시작했다. 보기가 나왔으니 그중에 답이 될 항목을 선택하면 될 일이었다. 동서양의 4대 성현이 어떻게 살았는지 낱낱이 살피고, 곁에 스승이 있으면 스승에게 묻고 그렇지 못할 때는 스스로 공부해서 결국 불교에 귀의하게 되었다.

"어릴 때 어른들이 그러셨어요. '너 왜 어깨가 처져 있냐?'
당연하죠. 아니, 인생의 목표가 없는데 무슨 의욕이 있겠습니까.
그렇게 어릴 때부터 고민을 했던 거예요.
성인들의 삶을 보려고 철학서를 읽었는데,
가장 마지막에 만난 불교에서 답을 찾을 수 있겠다는 확신이 들었습니다."

의정부에서 살던 스님은 인근 포교당에 계신 한 스님을 만났다. 그분께 불교란 무엇인지 물었다. 스님은 답 대신 책을 보내 주셨는데 『불교개론』에서부터 『우리말 팔만대장경』까지 여러 권의 책이었다.

" '이것이다! 내가 이것을 찾기 위해 애쓰고 고생했구나.' 하는 생각이 들었지요."

스님은 그 길로 출가를 했다. 스물네 살이었다. 넓은 혜안으로 의정 스님의 고민을 알아본 이는 당시 봉선사 총무이자 의정부 포교당을 창건한 운경 스님이다. 운경 스님을 은사로 출가 구도자가 되었다.

"출가해서 경전을 보니 새로운 세상이 있었습니다.
세속에서 아무리 고민해도 나오지 않던 답들이
경전에 술술 풀려 있었어요.
수행을 하면 깨닫는다는 뚜렷한 결과가 있으니까
수행을 하지 않을 이유가 없었던 것입니다.
확실한 발심으로 했던 출가였기 때문에
모든 것을 적극적으로 배우고 따랐습니다."

어디서부터 해야 할지 망설일 법도 했다. 그러나 스님은 아예 대놓고 어른스님께 여쭈었다.

"수행하려고 출가했습니다. 어떻게 수행하는 것이 가장 이상적인 방법입니까?"

대답은 명료했다. '사교입선捨敎入禪.'

"먼저 경전을 보고, 부처님의 말씀이 무엇인지를 알아야 한다는 것입니다. 그리고 바로 교를 버리고 수행하는 것이 가장 이상적인 수행법이라고 하셨습니다. 어느 교육기관으로 가야 하는지를 여쭈어 보니 승가대학(강원)으로 가라고 하셨습니다. 그렇게 해인사 강원으로 들어갔습니다."

승가˙는 스승이 있는 곳,
스승은 가장 훌륭한 수행의 안내자

은사스님은 특히 제자를 아껴 주셨다. 강력한 발심으로 출가했음을 믿었기
에 제자가 오롯이 수행에 집중하면 분명 큰 그릇이 되리라는 믿음이 있었다.
"스승님께서는 '승가는 용사龍蛇가 함께 사는 곳이라, 작은 데 끄달리지 말고
가던 길을 가라.'고 늘 말씀하셨습니다. 그래서 잔잔한 것은 보지 않고 큰길
만 보고 정진할 수 있었습니다."

강원에서 공부하는 동안 달마 스님의 『혈맥론』을 읽었다. 거기에는 이런 내
용이 있었다.

"참선에는 세 가지 중요한 것이 있다. 첫 번째는 스승이요, 두 번째는 도반,
세 번째는 환경이다."

가장 중요한 건 스승이었다. 스승을 못 찾으면 공부하기 힘들다는 뜻이었다.
그래서 스님은 강원에 다닐 때부터 스승을 찾아 물었다. 공부하는 법을 물었
으며, 공부가 잘되고 있는지를 점검받았다. 또 어른스님의 법문을 들으며 끊
임없이 그릇을 키워 나갔다.

"성철 스님, 경봉 스님, 구산 스님, 송담 스님 등 당대에 찾아뵙지 않은 선지식
이 없었습니다. 묻고 또 물으면서 나를 점검했지요. 해인사에서 성철 스님 법
문을 듣고, 산철에는 경봉 스님을 뵈었습니다. 그리고 송담 스님을 스승으로
모시기로 하고 거기서부터 공부를 시작했습니다. 아주 운이 좋았지요. 출가
이후에도 많은 스님들이 방황합니다. 이럴 때 스승을 찾으면 좀 더 명확한 길
을 갈 수 있습니다. 그래서 스승을 찾고자 전력을 다했습니다."

송담 스님은 아주 과묵한 분이었다. 하지만 제자의 예를 갖추고 묻는 이에게
는 한없이 자상하게 일러 주셨다. 의정 스님은 제자로서 예를 다했다.

"마음공부는 길이 천만 가지나 됩니다.
마음 길은 너무나 복잡해서
무턱대고 떠나다가는 방황하기 십상입니다.
먼저 간 스승에게 물을 수만 있다면 바른 방향을 맞추어 갈 수 있는 것이지요.
스승 없이 하는 공부는 가짜 공부가 될 수밖에 없습니다.
홀로 떠나면 외도가 되기 쉽다는 것이 선문의 정설이기도 합니다."

그렇게 스님은 오롯이 참선 수행으로 평생을 살아왔다. 참선 수행은 가장 오래된 전통 수행법이자, 깨달음으로 가는 확실한 길이다.

"불가에서는 염불이라든지, 간경이라든지 여러 가지 수행법이 있습니다. 그중에서도 참선은 깨달을 수 있는 가장 확실한 방법입니다. 그래서 옛 선사들로부터 역대 많은 선지식들이 선 수행을 통해 도를 이루었지요. 나 역시 그 길을 따라 왔고 다른 생각은 하지 않으며 오롯이 수행 정진에만 매진하여 원했던 만큼 성취했다고 생각합니다. 저에게는 다른 어떤 수행법보다도 참선이 가장 잘 맞습니다."

참선은 대부분 선원에서 여러 대중이 함께 생활하며 각자의 정진을 이어 간다. 불가에서는 이렇듯 참선 정진하는 스님들을 존중하고 예우를 다한다. 스님들이 외부의 부침 없이 정진할 수 있도록 외호하고 적극적으로 선원 운영을 지원한다. 수천 년 동안 이어져온 선 수행의 역사와 문화는 선원의 전통으로 온전히 남아 있다. 그중 수행의 기초를 마련하고 대중 생활의 토대가 되는 청규*가 대표적이다.

"선원에서도 현대화 바람을 피할 수는 없습니다. 전기가 들어오지도 않던 시절에 통용되던 규칙을 요즘 시대에 동등하게 적용할 수 없지요. 부처님 당시에는 인도의 기후와 풍토와 관습에 맞는 계율이었습니다. 부처님께서는 계율을 두고서 각자의 환경에 맞추어 적용해야 한다는 개차법開遮法의 입장을 취하셨지요. 불교가 중국에 유입되면서 중국의 실정에 맞는 청규가 만들어졌습니다. 이후 한국에서는 중국과 유사한 청규가 만들어졌지요. 오늘날 시대가 바뀌어서 새로운 청규가 필요하기도 했지만, 중국의 문화에 맞는 청규를 개선할 필요도 있었습니다. 그래서 여러 스님들이 모여 21세기에 맞는 선원 청규를 편성했고 현재는 그 청규에 의존하여 수행하고 있습니다. 어떻게 보면 가장 최신식이되, 현재 수행할 수 있는 최적의 청규를 만든 것이지요."

전통적인 수행 공간인 선원 내에서 가장 현대인에게 걸맞은 청규가 적용되는 것이다. 그래서 수행하기에 최적의 요건을 갖추었다는 설명이다.

---

* 승당僧堂이나 선원禪院 등 좌선하는 도량에서 지켜야 하는 규칙.

매일 밤 10시에 자고
매일 새벽 2시에 일어나는 생활
출가는 기본적인 일상의 변화에서 시작한다.

스님은 행자 시절부터 지금까지 매일 밤 10시에 자고 새벽 2시에 일 어나는 생활을 이어 가고 있다. 굳이 출가를 하지 않아도 같은 생활 을 할 수 있다. 승가의 선원이 아니라 재가선원에서도 정진할 수 있 고, 최근에는 다양한 수행 프로그램이 마련되어 있어 체험하기에 충 분하다. 그럼에도 불구하고 반드시 출가를 해야 할 이유가 있을까. "어릴 때부터 구도의 생각을 많이 품고 있었습니다. 그래서 사실 나 는 출가를 안 했어도 계속 재가인으로 수행했을 것 같아요. 젊은 시 절에도 같은 고민을 했습니다. 출가해서 수행할까, 재가인으로 수행 할까. 정답은 '적극적으로 수행할 수 있는 길' 그게 출가입니다.

재가인으로 살아가다 보면
아무래도 생활에 끄달리는 일들이 많았겠죠.
출가한다면 그런 일들로부터
자유로운 상태에서 수행할 수 있으니
훨씬 적극적인 수행이 가능해지는 것입니다.
덕분에 50년 동안 정진하는 기회를 얻었지요."

발심이란, 본인에게 뜻이 생겨 출가했다는 뜻이다. 누군가의 권유에 의해 서도 아니고 온전히 도를 이루겠다는 본인의 의지였다. 그래서 스님은 출 가한 것을 후회한 적이 없었다.
"내가 깨닫고 다른 사람의 깨달음을 원만하게 하는 것이 불교의 목적입니 다. 그것을 위해서 금생뿐만 아니라 내생에서까지도 수행해야 된다는 원 력을 갖고 있습니다."

젊은 시절에는 이 마음이 너무 강해 어려움을 겪기도 했다. 서른둘, 참선 수행자들에게 찾아온다는 상기병에 걸린 것이다. 원래 몸은 찬 기운이 머리를 향하고 더운 기운이 아래를 향해야 하는데, 과도한 집중과 극적인 정신 상태에 이르면 이 흐름이 거꾸로 되어 병이 생기는 것이다. 머리는 뜨겁고, 발은 차가워지는 것이다.

"처음에는 명치가 아프고 소화가 안 되다가 어느새 머리가 깨질 것같이 아팠어요. 젊었을 때니까 온몸을 불살라야 된다, 구도에 바쳐야 한다는 신념에 꽉 차서 상기병에 걸린 것이지요. 이걸 극복하지 못하면 안 된다는 생각에 더 극단적으로 몰아붙였습니다. 피를 토했지만 일 년 동안 아무에게도 말하지 못했습니다. 몸무게가 60Kg에서 42Kg이 되었고 결국 쓰러졌습니다."

심각한 상기병이었다. 심지어 몸 안의 장기도 망가졌다. 위암 말기라는 병을 얻었다. 그러나 스님은 오히려 편안한 마음이었다.

"몸이 망가졌으니까, 몸을 바꿔야겠다고 생각했습니다. 빈 암자가 있다고 해서 거기서 마지막까지 정진하려고 했지요."

상기병 때문에 화두만 들면 머리가 아팠다. 그래도 멈출 수는 없었다. 암은 문제가 아니었다. 몸은 바꾸면 될 일이었지만 정진을 멈춘다는 건 말이 안 되었다.

"참선하던 사람이 참선을 못 하면 그것만큼 괴로운 일이 없습니다. 구도심이 있어서 이렇게 살았는데, 내가 안 하면 되겠습니까."

그 꺾이지 않는 마음이 스님을 살렸다. 정신이 몸을 이겼다. 수술도 없이 암을 이겨 냈다. 이후 호흡에 집중하여 상기병도 다 나았다. 다시 화두를 들 수 있게 되었다. 그리고 다시 40년이 흘렀다. 지금까지 스님은 건강한 몸으로, 매일 밤 10시에 잠들어 새벽 2시에 정진을 시작하는 생활을 이어 가고 있다.

서구문명은 이미 죽었다.
한국의 간화선이 문명에 생명을 불어넣을 것이다.

명상은 세계적인 트렌드로 자리 잡았다. 과학자들은 정신의 힘을 과학적으로 분석했다. 육신의 한계를 뛰어넘는 정신의 힘을 발견한 것이다. 이로써 마음을 다스리고 정신적인 힘을 기르는 데에 사람들은 집중하게 됐다. 그 답이 명상이었다. 서양의 입장에서 동양의 선을 바라본 것이 명상이다. 명상의 근본은 결국 선이다. 선의 일부를 차용한 것이 명상이라 할 수 있다. "현재 명상을 주도하는 건 미국입니다. 서양에서는 이미 오래전부터 선을 다양하게 융합해 오고 있습니다. 선과 의학을 융합하여 미국의 병원마다 명상소를 설치하는 것이 대표적인 사례지요. 모든 병의 90%가 마음에 있다는 결론에 도달한 것입니다. 마음을 평화롭게 하면 병이 낫고 예방이 된다는 뇌과학에서 시작한 것입니다. 심리학과도 융합하여 정신병을 치료하기도 하고 예술, 과학 등 다양한 분야와 접목시키고 있어요."

의정 스님   168

"이처럼 선이 다양하게 융합되는 확장성을 보이고 있는데,
핵심은 선 수행을 하는 종교가 불교라는 것,
그중에서도 간화선 수행은 한국불교에만 남아 있는 전통이라는 사실입니다.
그러니까 오늘날 간화선 수행은
옛것이 아니라 미래지향적인 수행법이라고 할 수 있습니다."

그렇게 한국불교는 간화선의 대중화를 주도적으로 이끌고 있다. 그러나 선은 스님들만의 전유물이 아니었던가. 명상이 대중적이라면 간화선은 여전히 특수한 수행 방법이라는 편견이 있다. 스님은 그 차이를 명확히 풀었다.

"선에서는 정신이나 육체적 효과를 부수적인 것이라고 생각합니다. 참선을 하다 보면 자연스럽게 얻어지는 것이지요. 정신과 육체의 회복이 목적이 아닙니다. 계戒·정定·혜慧 삼학을 닦아 선 수행을 이루는데, 서양 사람들은 자유분방해서 계를 필요로 하지 않고 지혜를 구하려는 입장도 아닙니다. 선 수행에서 오직 선정만 생각하는 것이지요. 선정은 마음을 편안하게 하고 안정시켜 정신적·육체적인 병을 치유해 주지만 그것만 가지고는 위험한 수행이 됩니다. 전인적인 인격과 깨달음을 갖춰야 하는데, 이렇게 되면 균형이 깨지기 때문에 간화선을 바르게 알리는 게 중요합니다."

결국 한국불교의 간화선 수행만이 미래 인류 문명을 이끌 수 있다는 것이다. 한국의 대표적인 선원이 있는 봉암사에 세계명상마을을 건립하는 것도 같은 맥락으로 이해할 수 있다. '모든 사람들이 앉은자리에서 선을 해야 한다.'는 것이 명상마을의 목표다. 옛 스님들의 삶이 바로 그랬다. 농사를 지어 자급자족하며 살아온 스님들의 삶을 '선농일치禪農一致'*로 보았으며 차를 마시는 행위를 '선다일여禪茶一如'**라 한 것도 마찬가지다. 모든 삶을 선과 일치시킬 수 있는 것이다.

"전 세계인이 명상에 집중해 있지만, 결국은 선정의 힘으로는 한계를 느끼게 될 것입니다. 그때 더욱 가치 있는 수행법을 찾아 간화선으로 눈을 돌리게 될 것입니다. 우리 절집의 선원은 간화선을 할 수 있는 최고의 시스템을 갖추고 있습니다. 마음 공부하는 사람들이 공부를 잘 할 수 있는 제도와 시스템입니다. 여름과 겨울에는 90일 동안 결제 수행을 할 수 있고, 봄 가을에는 해제철이라 만행을 할 수 있습니다. 참다운 구도자에게는 한국불교의 시스템이 가장 적절하다 할 수 있습니다. 만행의 수행과 결제의 공부, 이 조화로움이 갖춰진 곳입니다."

* 수행과 농사 짓는 일이 다르지 않다는 사상.
** 불교의 선과 차의 세계가 다르지 않다는 말.

출가는 금생 최고의 선택
수행은 출가로 얻는 최고의 기회

"제방 선원에는 세속에서 발심한 사람들이 와서 공부하기도 합니다. 서울대학교를 졸업하고 사법고시에 합격한 사람들도 있습니다. 그들도 불평불만 없이 자기 수행에만 집중합니다. 구도자라는 같은 입장으로 말입니다. 이 힘으로 불교가 전해지는 것입니다. 이것이 보이지 않는 한국불교의 힘입니다."

스님은 출가에 대해 확언했다.
수행의 기회를 얻을 수 있는
최고의 선택이라는 것.

선원에서 수행하는 스님들의 면면에는 공통점이 거의 없다. 모두가 출가자라는 것 이외에는 말이다. 모두가 각자 다른 색깔과 성향을 지녔지만 구도라는 목표를 가지고 모인 이들이다. 이들은 한 철이 지나면 다시 또 각자의 수행처를 찾아 떠난다.

"조계종은 수행의 힘으로 버티고 있습니다. 수행자가 없다면 종단의 미래, 불교의 미래는 없는 것이지요. 지금 이 시간에도 산중에서 묵묵히 수행만 하고 계시는 분들이 1,700명이나 됩니다. 이분들이 세계적인 보물입니다. 또 모든 스님들이 이 보물을 지키기 위해 노력하고 있습니다. 한국 선원은 수행하기에 가장 적합한 곳입니다. 수행에 대한 풍부한 경험과 체험을 할 수 있는 곳이 선원입니다. 출가를 하면 이생에 제대로 수행해 볼 수 있는 기회를 얻는 것이지요."

현재 전국에 98개의 선원이 운영되고 있다. 재가자 수행이 가능한 선원도 다수 운영되고 있다. 이처럼 수행 중심의, 간화선 수행을 체험할 수 있는 곳은 한국의 선원이 유일하다. 출가를 망설이다가도 수행을 권하면 생각은 또 달라진다. 수행을 통해 자신의 내면을 알아가는 시간을 갖는 것, 어쩌면 우리에게 지금 가장 필요한 과제가 아닐까.

epilogue

한국의 선원은
수행하기에 가장 적합한 곳입니다.
수행에 대한 풍부한 경험과
체험을 할 수 있는 곳이 선원입니다.
출가를 하면
이생에 제대로 수행해 볼 수 있는
기회를 얻는 것이지요. ☺

복잡한 마음 길

×

확실한 깨달음의 길

×

출가의 길

의정 스님 인터뷰

교학 教學, 가르치며 함께 가는 길

수행자에게 길을 묻다

교수사
현진 스님

스님을 가르치는 스님, 스님들의 선생님.
전통승가교육을 지키고 계승하는 대업의 중심에
현진 스님이 있다.

현진 스님은 통도사 승가대학(강원)에서 강사를 시작으로, 강주를 역임했으며 학인
스님들을 지도하고 교육하는 한편 교학 연구에 힘쓰고 있다.

출가자를 위한 전통승가교육자로
불교의 정신을 이어 가다

대한불교조계종으로 출가한 이라면 누구나 행자 교육을 마친 후 4년간의 기본교육과정을 이수해야 한다. 기본교육과정은 행자 교육을 이수한 사미계, 사미니계 수지자를 대상으로 이뤄지는데 비구, 비구니에게 필요한 자질을 갖추게 하는 과정이다. 기본교육과정은 승가대학, 중앙승가대학, 동국대학교, 기본선원 등의 기관에서 이수하게 된다. 이 과정을 마치면 구족계를 수지하고 비구, 비구니인 정식 승려가 된다. 여기서 스님들은 각자의 역량에 맞게 진로를 주도적으로 정하고 수행자로서의 길을 나아간다. 보다 전문적인 교육을 원하는 스님들에게는 전문교육과정이 개설돼 있다. 율학승가대학원(율원), 선학승가대학원, 한문불전승가대학원 등이 있다. 또 특수교육으로 전문성을 강화할 수도 있는데 염불대학원이나 한문불전 번역 등을 배울 수 있는 교육기관이 마련되어 있다.

스님들은 이처럼 체계적이고 다양한 교육과정을 통해 수행자로서의 자질을 갖추고 불교 교리의 사상적 체계를 연구하는 데 매진한다. 그중에서도 4년간의 기본교육은 가장 핵심적인 과정이다. 이 시기의 스님들을 학인스님이라고 부른다. 그리고 학인스님을 가르치는 선생님인 강사스님이 있다. 예로부터 승단에서는 출가자들의 교육과 지도를 매우 엄격하게 여겨 왔다. 갓 출가한 스님들에게 기초적인 습의부터 깊이 있는 교리에 이르기까지 이들을 지도하는 스승은 반드시 필요한 법이다. 동화사 율주인 현진 스님은 교학 분야에서 큰 역량을 발휘하는 스님 중 한 분이다. 학인 시절 여러 강백으로부터 가르침을 받았고, 이제 다시 학인스님들의 지팡이가 되어 주고자 후학 양성에 힘쓰고 있다.

부처님은 당대 최고의 수업을 들은 석학, 지도를 볼 줄 알았기에 수행을 완성할 수 있었다.

"석가모니 부처님은 태자로 태어나셨고 최고의 교육을 받은 분이셨습니다. 철학에서부터 사회, 인문, 경제까지 다방면의 지식을 습득할 기회가 있었던 것입니다. 출가하기 전에 이미 브라만의 정신과 학문을 섭렵하셨기 때문에 삶의 근본적인 의문을 가질 수 있었다고도 할 수 있지요. 깨달음의 완성에 이르기까지 자신이 준비한 지도가 있었고 교학은 바로 그런 지도의 역할을 하는 것입니다."

교학은 수행의 방향에 매우 중요한 영향을 미친다. 어디에 무엇이 있는지 미리 점검하지 않고 떠나는 여행은 위험하다.

"엉뚱한 곳으로 가 버릴 수 있어요. 수행자로서 출발은 했는데 정작 방향을 잃어 헤맬 수가 있습니다. 이런 때 부처님의 생애를 자신의 지도로 삼는 것이 중요합니다. 즉 교학을 통해 수행의 바른 방향으로 갈 수 있습니다."

완벽한 지도가 있다면 그것을 읽을 줄 아는 바른 안목이 필요하다. 선사 어록 등을 읽는 것은 바른 안목을 키울 수 있는 대표적인 방법이다.

"어떤 스님은 3년 만에 깨치신 분도 있고, 30년 만에 도를 이룬 분도 있습니다. 일체 모든 이가 부처라는 공식을 두고, 자신의 근기에 맞게 깨달음을 얻은 선사가 되는 것입니다. 부처님은 본질이고, 어록은 정수입니다. 그래서 일곱 자, 스물아홉 자 안에 들어간 선사들의 오도송이나 어록은 가장 이상적인 주석서입니다."

스님은
오랫동안 승가 기본교육과정인 승가대학에서 학인들을 지도해 왔다.
통도사에 출가해 통도사 강원을 졸업하고
오랫동안 강원에서 강사로서 대중들과 함께했다.
후에는 통도사 강주를 역임하며
오랫동안 교학을 수행으로 여기며 출가자의 길을 걸어왔다.

"강원에 다닐 때는 특별히 경전을 깊이 있게 공부해야겠다는 생각은 못 했어요. 오히려 강원 졸업 후에 『화엄경』을 보고 싶다는 생각이 들어서 2년 동안 『화엄경』을 봤습니다. 그러던 중 통도사 강사스님 자리가 비었고, 새로 강사스님을 구할 때까지만 소임을 맡아 달라고 하셔서 교편을 잡았습니다."

『화엄경』은 불교 경전 중에서도 분량이 가장 방대한 경전이다. 전체를 다 읽는 것만으로도 보통 일이 아닌데 스님은 공부를 이어 가던 중에 갑자기 강사 소임을 맡게 됐다.

"막상 시작을 하고 보니 생각보다 어렵지 않았어요. 무엇을 어떻게 해야 할지 막막했다기보다는 자연스럽게 수업을 하고 같이 공부하며 지냈지요. 원래는 한 학기 정도만 하기로 했는데, 지나고 보니 강사를 5년이나 했어요."

얼떨결에 시작했지만 5년 동안은 평화로운 시간이었다. 그런데 소임을 마칠 때가 되자 오히려 의문이 들었다. '과연 나는 무엇을 가르쳤던가.'

"황당한 마음이 들었어요.
5년 동안 가르치긴 했는데, 내가 뭘 알고나 가르친 것인가.
그런 막연한 마음이 드니 오히려 나를 다잡는 시간이
필요하겠다고 생각했어요."

그렇게 은사스님을 찾아가 내 공부를 하겠노라 선언했다. 스님 나름의 시간을 갖고 뭔가를 확인해야겠다는 마음이 강하게 일었다. "남을 가르치고 보니 오히려 내 공부를 해야겠다는 생각이 들었어요. 나의 시간을 갖고 토굴에서 정진하겠다고 은사스님께 말씀드렸는데, 처음에는 걱정하셨지만 나중에는 흔쾌히 허락해 주셨습니다."

혼자 토굴에 들어가 정진하겠다는 제자를 걱정하는 것은 당연했다. 오랫동안 대중 속에서 살아왔거니와 독신 수행에는 여러 위험이 따르기 때문이었다. 무문관 수행처럼 극단적인 고행까지는 아니더라도 자신의 기준과 신념으로 수행일과를 정하는 일은 웬만한 용기 없이는 어려운 일이었다.

"1년 정도 계획을 가지고 작은 암자에 들어갔습니다. 용맹심으로 치열하게 정진할 때였습니다. 하루 24시간 중에서 21시간을 정진 시간으로 두고 단 3시간만 잠을 자는 계획을 짰어요. 학인스님들을 가르칠 때 '이 경전이 최고의 경전이다.'라고 이야기는 했는데, 정작 왜 그런지에 대해서는 확신이 없었지요. 그래서 공부의 주제로 삼은 경전이 『능엄경』이었습니다. 『능엄경』을 한 번 완독하는 데 걸리는 시간이 7시간이니까, 세 번 완독하면 21시간이 걸립니다. 21시간을 정진 시간으로 둔 이유입니다."

치열한 시간이었다. 스님은 3일에 단 한 끼 큰절에 내려가 공양을 했다. 돌아올 때는 사과 세 개를 가져왔다. 음식을 먹고는 잠을 이겨 낼 수 없다는 생각에 최소한으로 먹되 공부를 이어 갈 수 있을 정도로만 배를 채웠으니 무리한 선택이었다.

"5개월이 지나면서 체력에 한계가 왔어요. 경전을 보면 '꽃비가 내린다'는 표현이 자주 나오는데, 어느 날 경전을 읽던 중에 꽃비가 내리는 풍경을 만났습니다. 알 수 없는 터널에서 선명한 꽃송이가 떨어지고, 참 신기하다고 생각하던 찰나였죠. 그러다 문득 깨어났는데, 큰절 스님이 3일이 지났는데도 공양하러 내려오지 않아 걱정되어 올라와 봤다며 마침 저를 찾아오신 겁니다. 그새 며칠이 지났던 것입니다. 경전에 이르기를 사람이 한 곳에 집중하면 상서祥瑞가 일어난다고 하는데, 확실히 경전의 이야기가 틀리지 않았다는 확신을 가지게 되었습니다."

그날 이후로는 조금 여유를 두고 공부를 이어 갔다. 『능엄경』 세 번 읽을 것을 두 번으로 줄이고 나니 7시간의 여유가 생겼다. 처음부터 고삐를 바짝 틀어쥐듯 공부를 시작한 게 스님에게는 효과가 있었다. 지속적으로 이어 갈 힘이 되었고, 확신을 더한 공부는 경전을 이해하는 안목을 틔워 주었다. 스님의 지도는 그렇게 꼼꼼하고 세밀하게 그려지고 있었다.

열 사람의 대답이 같지 않다.
그러나 열 사람의 목적지는 같다.

확신에 차서 공부를 이어 가던 어느 날, 마침 은해사
승가대학원 1기생을 모집한다는 공고를 보게 되
었다. 은해사 승가대학원은 1996년 10월, 강사 출
신 스님들을 모아 깊이 있는 교학 실력을 나누고 서
로 탁마하고자 개설된 전문교육기관이다. 당시 대
학원장은 대강백 무비 스님이었으며 함께 수학한
스님들은 능허 스님, 용학 스님, 응각 스님, 법장 스
님, 반산 스님, 법광 스님, 원철 스님 등이었다. 스님
들은 대부분 주요 사찰의 강주를 맡으며 한국불교
의 강맥을 이어 오고 있다.
"당시 승가교육의 통일성에 대한 논의가 있었습니
다. 강원마다 가르치는 방법이 서로 다르다 보니 어
느 정도의 틀이 있어야 하지 않겠느냐는 이야기였
지요. 저 역시 공감하던 바였고 승가대학원 1기생
으로 동참했습니다."
스님에게 승가대학원 수학 시절은 매우 특별한 기
억으로 남아 있다. 후에 스님이 강주로서 교학 연구
의 최전선에 나설 수 있었던 발심의 계기가 되기도
했다.

"같은 질문을 해도 열 사람이 다 다른 답을 합니다. 경전을 볼 때도 각자 이해하는 근기에 따라 다르게 해석이 된다는 것입니다. 그러나 열 사람의 길은 하나입니다. 알고 보면 굉장히 체계적인데 배우는 입장에서는 이 다양성을 막연하게 받아들일 수 있는 것입니다. 대학원에서는 매일 열 사람이 돌아가면서 강의를 했습니다. 서로의 견해나 수업의 방식이 다르다는 걸 보면서 연구할 수 있는 시간이었지요."

스님들과 다양한 생각을 나누며 교수법을 익힐 수 있었다. 여유 있게 공부한 시간이었다고 스님은 회고했다.

"어떤 스님은 토씨 하나 틀리지 않고 해석하셨고, 또 현대식으로 응용하여 쉽게 풀어 해석하는 분도 있었습니다. 저는 원래 학인 때부터 이해가 안 되어도 무조건 달달 외우는 식으로 공부를 했어요. 대학원에 가 보니 오히려 그때 이해 못하고 넘어갔던 것들이 술술 풀리더라고요. 실타래처럼 실 끝을 잡고 풀어 나가는 과정이었습니다."

끊임없이 문장을 반복하며 배우던 학인 시절의 습관이 공부에 깊이를 더하는 데 보탬이 되었다. 기연을 만났을 때 과거의 배움이 실력 발휘를 제대로 했다.

"부처님의 교수법은 답을 먼저 내놓는 것입니다. 답을 주신 다음에 공식을 맞추어 보라는 것이지요. 부처님께서 보리수 아래서 깨닫고 보니 모든 중생이 불성을 갖고 있으며 앞으로 깨우칠 부처라는 것을 아시게 됩니다. 그러니까 '너희도 부처'라고 답을 주신 다음에 '어떻게 부처가 될 것인가'를 풀어 주신 것입니다. 49년 동안의 법문 속에 말입니다."

부처님의 교수법은 오늘날 승가교육에서도 확실히 통한다. 사색을 통해 의미를 도출하는 힘은 오직 전통 교육에서 나올 수 있다고 스님은 강조한다.

"불교를 개론식으로 배우는 데는 한계가 있습니다.
스스로 사색하고 사색한 바를 도반들과 함께 토론하고,
끊임없이 방향 설정을 하는 겁니다.
그 과정이 있어야만 스스로 확신을 갖게 됩니다."

"강사라는 소임이 학인들을 가르치기는 하지만, 실제로는 함께 가는 사람
이라는 입장이 맞습니다. 조금 먼저 시작했기 때문에 조금 더 알고 이해할
뿐, 결국은 수행자라는 견지에서 보면 함께 가는 도반입니다."
상대의 이해를 돕는 교육에 그쳐서는 안 된다. 승가교육은 수행자가 목적
지에 도달하게끔 가르침을 전하는 과정이다. 결국 목적지는 하나이다.

수행자의 진로는 이미 정해져 있는 것
가는 도중에 진로를 물어서는 안 된다.

현금즉시現今卽時, 지금 이 순간 여기. 스님은 배우는 자에게 중요한 순간은
바로 지금 이 순간이라고 설명했다.

"지금 이 순간, 여기가 가장 중요하고 의미 있는 시간이라고 생각해야 합니
다. 한 걸음 옮길 때도 그것 역시 의미 있게 받아들이는 것이 중요합니다."

하지만 언제나 우리는 이 순간이 가장 불안하다. 어제의 일 때문에 불안하
고, 미래의 일 때문에 불안하다. 그렇기에 스승에게 길을 묻는 것은 당연하
다. 제자들은 언제나 스승의 그늘에 기대고 싶어하는 법이다.

"수행자의 진로는 이미 정해져 있습니다. 수행자가 또 다른 수행자에게 진
로를 묻는다? 가는 도중에는 물어선 안 됩니다. 우리에겐 목적지가 정해져
있고, 그곳으로 가야 한다는 확신도 있습니다. 다만 내 역량이 미치지 못할
뿐이지요. 내 역량을 갖추는 것이 중요하지 진로 자체는 논의할 문제가 아
닙니다. 어느 때는 포교를 해야 하고, 어느 때는 계율을 이야기해야 하고,
어느 때에는 참선을 이야기할 수 있습니다. 그때마다 해야 할 역할을 수행
하는 것입니다. 무엇을 하는지는 중요하지 않고 수행자로서의 진로를 가기
위해 정신을 지키는 일이 무엇보다 중요합니다."

경전을 배울 곳은 많다. 저명한 불교학자들의 저서가 있고 유튜브와 다양
한 채널을 통해 배울 수 있다. 출가자뿐만 아니라 재가자들에게도 기회는
항상 열려 있다.

"출가를 하지 않아도 사색하고 공부할 수 있습니다. 그러나 방향이 정해지고 그 길을 찾아 나갈 때 비로소 사색이라고 볼 수 있습니다. 그전까지는 망상입니다. 경전을 배우고 과거 수행했던 선사들의 삶을 더듬어 봄으로써 내 사색이 올바른지에 대한 점검이 이뤄지고, 닫혀 있는 자물쇠를 열 수 있는 확실한 열쇠를 얻을 수 있는 겁니다. 출가자라면 배움이 삶과 목적에 부합하는 공부가 이뤄질 것이고, 그렇지 않더라도 자기 내면을 향해 한 걸음 나아갈 수 있는 시간이 되겠지요."

출가자와 재가자의 한 끗 차이는 대승심*에 있다고 강조했다.

"길을 가는 사람이 지팡이를 짚고 있으면
사람은 보이지 않고 지팡이가 먼저 보입니다.
누군가의 앞에 있기 때문에 누군가의 지팡이가 되어 줄 수 있는 겁니다.
출가자는 대승심을 가진 사람으로서 누군가의 지팡이가 되어 주는 겁니다."

출가 발심을 한다는 것은 남들보다 크고 원대한 대승심을 지니고 있음이다. 그리고 가르치는 이는 이 대승심이 잘 발휘될 수 있도록 같은 방향으로 나아가는 이들이다. 시대가 변해도 승가교육은 여전히 전통을 고수하며, 가르침의 고유한 영역을 유지하고 있다. 어쩌면 여기에서 우리나라 교육의 미래를 발견할 수 있지 않을까. 스님은 승가교육의 힘을 함께 공부하는 전통이라고 설명했다.

"누군가에게 무언가를 이야기해 주기 위해서 가장 정확한 방법은 내가 먼저 보는 것입니다. 먼저 본 것을 조금이라도 더 이해하고, 그것을 어떻게 잘 전달할지를 고민하는 것입니다. 내 고민이 깊어지고 스스로가 답을 찾아내야만 상대에게 전달할 수 있는 것입니다. 내 공부가 곧 상대의 공부가 되는 거죠. 이것이 강사로서 늘 느끼는 부분입니다."

* 위로 성불하기를 구하며 아래로 중생을 널리 제도하려는 마음.

스승은 늘 보리살타의 입장이 되어야 한다. 보살은 보리살타의 줄임말로 사전적 의미로는 깨달은 중생을 의미한다. 그런데 이 의미가 완전히 부합하지 않는다. 깨달았는데 중생이라 할 수는 없기 때문이다.

"깨달았지만 아직 깨닫지 못한 사람을 이끌기 위해서는 그를 향해 내미는 손이 필요합니다. 보살은 바로 깨달음으로 나아가는 이들을 이끌어 주는 연민의 정신을 남겨 둔 사람입니다. 대승적인 마음을 둔 사람, 수행자에게는 바로 이런 보살의 마음이 필요합니다."

제자를 대하는 스님의 마음이 그와 같을 것이다. 3천 년 전 부처님의 언어, 부처님의 마음은 지금까지도 전해지고 있다. 스승이 제자에게, 제자가 다시 스승이 되기까지 무한의 반복 속에서 이어지는 전승이다.

"부처님의 가르침에는 방편이라는 것이 있습니다. 방편은 말 그대로 끊임없이 변합니다. 방편은 진짜가 아닌 것이지만 진짜를 이야기하고 있습니다. 방편이라는 말로써 무엇이든 다가갈 수 있습니다. 무한한 시대와 상황 속에서 그에 맞는 방편을 통해 불교는 지금까지 부처님의 말씀을 놓치지 않고 이어 갈 수 있었습니다. 출가를 해서 수행자가 된다는 건 3천 년 전 부처님의 가르침을 직설적으로 바로 얻어 체득할 수 있는 기회를 얻는 것이나 다름없습니다."

epilogue

망상 말고 사색
× 배움 × 출가의 방편

부처님의 가르침 중에는 방편이 있습니다.
방편이라는 말로써 무엇이든 다가갈 수 있습니다.
배움을 좋아하는 이라면 '교학'을
수행의 방편으로 삼아 보는 건 어떨까요. ☺

현진 스님 인터뷰

계율이
있어야

진정한 자유가
있다

계율은 부처님 당시부터 승단을 유지하기 위한 필수 요소였다. 율원은 이 계율을 지키고 계승하기 위해 율장(계율을 기록한 경전)을 연구하며 성실하게 수행하는 곳을 이른다.

송광사 율주

지현 스님

부처님께서 열반에 드실 때 말씀하셨다.
"내가 이 세상을 떠나더라도, 계와 법은 남아 있다.
그대들이 계율을 스승으로 삼아 수행한다면
나는 그대들의 곁에 머무는 것이나 다름없다."

계율을 지키는 것은 당연한 의무이지만 참된 수행자에게 계율은 한 단계 더 나아간다. 법 없이도 살 사람들이 많은 세상에 법관의 존재를 묻는 것과 같다. 역사적으로 많은 국가들이 체제를 유지하기 위해 법을 제정했지만, 실제로 천 년 이상 권력을 누린 국가는 없다. 부처님 사후 2,600여 년 동안 불교가 이어질 수 있었던 배경에 최상의 완성도를 갖춘 계율이 있었다고 해도 틀린 말이 아니다.

계율은 삼귀의계를 기본으로 삼는다. 부처님[佛]과 부처님의 가르침[法], 부처님의 제자[僧]에 귀의한다. 여기서부터 모든 계율이 출발한다. 일단은 부처님과 불법(가르침)과 승가에 귀의해야 한다. 불자가 가져야 할 첫 번째 계율이다.

계율에서 선정이 생기고 선정에서 지혜가 드러나서 탐욕과 분노와 어리석음을 변화시킬 수 있다. 이것이 출가수행자 모두가 갖추어야 할 덕목이다. 이런 덕목을 갖추기 위해 끊임없이 정진하고 또 정진해야 한다. "게으름은 죽음의 집, 부지런한 정진은 삶의 길이다."라고 『법구경』에서 말씀하셨다.

출가가 아니었다.
내 집에 돌아온 것이다.

지현 스님은 "부처님께 부끄럽고, 성인들에게 부끄러운 마음"이라고 말씀
하셨다. 출가 50년, 속세의 나이로 70세가 넘었다. 송광사 율주로서 오랫
동안 율원에서 후학 양성에 매진한 스님이다. 그동안 문하에서 수학한 제
자들이 여럿이며, 스님의 그림자를 따르는 이들이 많다. 제자들은 어른을
높이 모시지만, 어른은 늘 낮은 자리에서 머물기를 좋아한다. 스님은 늘 정
중하다. 부처님 전에 예경할 때는 하염없이 허리를 굽혀 정수리가 바닥에
닿을 것만 같다. 사람들을 만날 때도 마찬가지였다.

"원래 혼자 있기를 좋아하고, 내성적인 성격이에요. 아직도 그래요. 이제는
못한다고 할 때도 됐고, 나서기도 부끄러운데 또 이렇게 이야기를 시작하
네요."

출가에 대한 이야기부터 시작했다.

"오히려 남의 집에 살았던 것 같아요."

마을에 살던 때를 회고했다.

"출가라기보다는 내 집에 돌아왔다는 말이 맞아요. 태어날 무렵에 이미 부
모님께서 불법과 깊은 인연을 맺고 계셨습니다. 두 분이 『천수경』과 『관세
음보살보문품』을 달달 외우셨지요. 봉암사 입구에 있던 우리 집에는 오래
전부터 많은 스님들이 쉬었다 가셨어요. 이웃에 재가 선지식이 계셔서 어
릴 적 그분 무릎 위에서 이런저런 얘기도 많이 들었습니다. 늘 염불하는 소
리와 부처님 이야기를 듣고 자랐으니 절집이 전혀 새로운 곳이 아니었던
것이지요."

적당한 때가 되면 수행자가 되겠다는 막연한 마음이 있었다.

1971년 열아홉 살에 적당한 때를 만났다.

"속리산 법주사 중사자암에서 한 달 동안 행자 생활을 했는데, 좀 아닌 것 같다는 생각이 들었어요. 그러다 상주 원적암에 가서 서암 스님께 『초발심자경문』을 배웠는데 문턱이 높아서 끝까지 있지도 못했습니다. 3개월 지내고 다시 집으로 돌아왔는데 집은 나에게 더 이상 편안한 공간이 아니었습니다."

행자 생활은 예상했던 것보다 어려웠지만 출가에 대한 마음을 꺾지 않았다. 스무 살이 되던 해 다시 속리산에서 행자 생활을 시작했다.

"속리산에서 기도하러 오신 은사스님(전 송광사 방장 보성 스님)을 만났습니다. 스님은 『보현행원품』과 『예불대참회문』을 아침저녁으로 읽고 108배를 하라고 하셨고 저는 그렇게 수행하며 보현행원의 삶을 내 중심으로 두어야겠다고 생각했습니다."

스무 살 청년의 목표는 원대했다.
보현행원이란, 부처의 공덕을 성취하기 위한
보현보살의 열 가지 행원을 말한다.
이제 출가의 목표가 확실해졌다.
익숙한 절집에 당연히 머무는 데 멈춘 것이 아니라
그곳에서 해야 할 목표를 정립한 것이다.

1972년 여름, 해인사에서 사미계를 받았다.

"큰방에서 땀을 줄줄 흘리면서 오래 고생했던 기억이 있어요. 무척이나 더운 여름이었지요."

큰방, 많은 대중 속으로 한 발 더 들어섰다. 여러 스님들과 도반이 되어 해인사 승가대학(강원)에서 같이 수학을 시작했다.

승가의 생명은
청정과 화합, 두 가지에 달려 있다.

당시 해인사에는 걸출한 스승들이 많이 계셨다. 첫 번째 선지식은 유나
로 계셨던 지월 큰스님이다. 학인들에게도 절대 말을 낮추는 법이 없었
으며, 결코 화를 내거나 꾸짖지 않았던 스님이다. 강원의 학인스님들은
지월 스님을 통해 하심하고 인욕하며 대중과 화합하여 청정하게 수행하
는 덕목을 배웠다. 지월 큰스님의 맑고도 따뜻한 자비심은 모두에게 깊
은 감화를 주었다.

다음 선지식은 성철 큰스님이었다.

"보름마다 성철 큰스님 법문을 들었는데, 그때는 근기가 약해서 알아들을 수 있는 말이 거의 없었습니다. 그래도 작은 것 하나라도 이해하고 들으려고 애썼던 기억이 납니다. 또 보광 스님께서 강주를 하시던 때였는데, 스님으로부터 중노릇을 어떻게 해야 하는지 많은 것을 배웠습니다. 자운 스님, 영암 스님 등 그때는 어른스님들께서 많이 계셔서 가까이에 선지식을 뵙고 모실 수 있는 기회가 있었지요."

강원의 분위기는 엄격하기보다는 자유로웠고
자유로웠기에 재미있었고 추억도 많이 쌓였다.
열다섯 살, 열여덟 살의 어린 스님들이 많았던 시절이라
어른들은 혼내기보다는 자비롭게 보듬어 주셨다.

군복무를 마치고 다시 강원으로 돌아갔다. 그동안 어린 도반들은 윗반이 되었고, 낯선 후배들과 공부를 시작했다. 1977년 봄이었다.

"음식을 줄이고 가행정진을 했습니다. 그때 공부를 가장 많이 했던 것 같아요."

이 무렵(1977년) 일타 스님을 율주로 해인사 율원이 문을 열었다.

"사미율의를 논강하면서 공부했고 『사분율』 『범망경약소』 등을 보았습니다. 보름에 한 번씩 올라가면 일타 스님이 계율을 공부하는 방법을 알려 주셨지요."

이후 1979년 해인사 극락전에서 율원 도량이 정해졌고, 스님은 직접 통도사 벽안 노스님과 석주 스님을 찾아뵙고 각각 해인율원이라는 현판과 주련의 글씨를 받아 새겼다.

"해인사 율원 3기생으로 들어갔습니다. 당시 일타 스님이 대장경 중에서 율장의 중요한 부분을 열다섯 권의 책으로 엮으셨는데, 그걸 보광 스님 중심으로 다시 인쇄하고 제본해서 교재로 썼습니다. 공부에 한창 매진하던 시절이었지요."

스님의 공부가 과거에 머무른 얘기만은 아니다. 스님은 지금도 책 읽기를 좋아하는 소문난 독서광이다. 국내외 서적의 종류를 가리지 않는다. 특히 틱낫한 스님과 달라이 라마의 저서는 대부분 섭렵했다.

"근기가 하열해서 읽고 또 읽고 반복해서 보고 배워야 합니다."라고 말하지만 실상은 일분일초도 허투루 쓰지 않고 정진하는 스님의 일상 수행의 모습이다. 율장에 관심을 갖게 된 계기도 독서에서 비롯됐다.

"1977년 지관 스님께서 남북전육부 율장비교연구에 대한 학위논문을 출판하셨습니다. 그해 비구계를 받았는데 책을 읽다 보니 율장을 이해하는 데 큰 도움이 됐습니다. 이후 비구니 율장 연구도 나와서 공부하게 되었습니다."

강원의 교과목에 율장이 포함된 건 아니었고, 단지 관심이 가는 학문으로 조금 더 나아갔던 것이다.

지현 스님은 한 인터뷰에서 "은사스님은 자운 노스님, 구산 노스님을 모시면서 계율을 부흥시키려고 원을 세우셨습니다. 그렇지만 율사, 강사, 선사로 편 가르기를 경계하셨습니다. 부처님 제자는 누구나 수행자가 되어 불법을 밝혀야 한다고 하셨습니다."라고 밝혔다.

은사였던 보성 스님은 조계총림의 방장이셨으며, 누구보다도 계율정신 선양에 앞장섰던 분이었다.

"자연스럽게 나도 존경하는 어른의 뒤를 따라야 한다고 생각했습니다. 출가자의 삶은 대중들이 모여서 법답게 살아가는 데 있습니다. 승가의 생명은 청정함과 화합입니다. 청정은 지혜를 만들고 화합은 자비를 만들어 냅니다. 따라서 지혜로운 삶이란 청정한 삶이며, 서로 도와주고 끌어 주는 삶입니다."

"청정한 승가의 삶이란 계율에 있는 것이지요.
대중들이 함께 모여 청정하게 살아가는 것에 모든 답이 있습니다."

번뇌는 마음에서 일어난다.
즉, 계율은 번뇌가 일어나는 마음을 지켜보는
감시자의 역할을 하는 것이다.

계율은 집을 짓는 주춧돌, 그 위에 선정과 지혜로 집을 짓는다.

스님이 출가한 지도 50년이 넘었다.
"부처님의 가르침을 제대로 배우지 못하고, 율행을 제대로 행하지 못하는 것을 부끄럽게 여기고 있습니다. 다만 부처님께서는 알고 짓는 죄와 모르고 짓는 죄 중에서 모르고 짓는 죄의 무게가 더하다고 하셨습니다. 아는 만큼 고치고 바로잡을 수 있지만 모르는 상태에서는 다시 또 죄를 반복하여 짓게 되기 때문입니다. 끊임없이 경·율·논 삼장을 배우고 탁마해야 하는 이유입니다."
강원에서 율장의 기초를 배우지만 좀 더 체계적인 율장 공부를 위해 율학 승가대학원(율원)에 진학했다. 송광사를 비롯해 통도사, 해인사, 범어사 등에 율학승가대학원이 개설돼 있다.

"계율은 집을 짓는 주춧돌과 같다고 하셨습니다. 주춧돌을 제대로 놓아야만 선정과 지혜로써 집을 지을 수 있습니다. 터를 닦고 주춧돌을 놓는 것이 계율이고, 기와와 자재를 준비하는 것이 선정입니다. 그리고 도편수의 솜씨를 더해 집을 짓는 것이 지혜입니다. 계율 없이는 선정이 일어나지 않고 선정 없이는 지혜가 일어나지 않지요. 율장에 '계율이라는 것은 번뇌라는 도적을 잡는 것이다. 선정은 잡은 도적을 도망가지 못하도록 감옥에 가두는 것이다. 지혜는 번뇌라는 도적을 죽이는 것이다. 도적을 죽이면 깨달음이 드러나는 것이다.'라고 했습니다. 불교의 근본 계정혜의 관계가 이렇게 부합합니다.

마음을 지켜보는 데 있어 계율을 지키는 일이 가장 중요합니다. 번뇌를 죽여 지혜를 드러내게 하는 것입니다. 계율은 그릇과 같습니다. 기울어지지 않고 반듯해야 하며, 설령 반듯하더라도 독약을 담았던 그릇이라면 쓸 수 없습니다. 그릇을 깨끗하게 유지해야 하고 삐뚤어지지 않도록 균형을 잡아야 합니다. 그렇게 유지하기 위해 집중하는 힘이 생기는데 그것이 선정입니다."
계율을 잘 아는 것, 계율을 잘 지키는 것, 지계持戒 정신은 수행의 가장 근간이 된다.

"어릴 때 누구나 한 번쯤 부모님께 거짓말을 한 적이 있을 거예요. 그럴 때 내 마음은 분명 괴로웠을 것입니다. 나쁜 짓을 해도 마찬가집니다. 저지르고 나서 후회합니다.

후회하지만 괴로움이 나를 힘들게 합니다. 거짓말과 나쁜 짓을 하지 않으면 후회와 괴로움이 남겠습니까? 계율은 괴로움을 버리고 자유로워지는 방법입니다. 거짓으로 살면 두렵고, 남들이 알면 부끄러워집니다. 이런 생각들을 하게 되면 자꾸만 나쁜 짓을 피하고 괴롭지 않은 일을 택하게 됩니다. 그럼 점점 괴로움으로부터 멀어지고 자유로워지는 것입니다.

여기까지는 소극적인 단계로서 지계를 이어 갈 수 있습니다. 더 나아가 살생하지 않는 대신 방생을 하고 도둑질하는 대신 남에게 베푸는 겁니다. 음행한 죄를 참회하면서 청정하게 살도록 노력하고 진실한 말을 부드럽게 하고자 노력하는 단계로 이어지면 됩니다. 누구도 완벽하게 지키기는 어렵습니다. 탐욕을 보시로, 분노를 자비로, 어리석음을 지혜로 다스리는 방향을 택하면서 조금씩 좋은 쪽으로 향하면 됩니다. 어제보다 조금 나아진 오늘이라면, 우리는 수행을 잘한 것입니다.

"계율을 공부하는 목적은 구속이 아니라 자유롭고 행복하기 위함입니다.
계율을 익히고 선정을 닦고 지혜를 밝히는 것이
율원이라는 공동체가 지향하는 목표입니다.
그렇게 계정혜를 닦으며 수행을 완성해 가는 것입니다."

"안개 속에서 동서남북을 분별하지 못하는 것,
길을 모르는 산속을 헤매거나
조그마한 배를 타고 나침반 없이 바다를 항해하는 것,
다 아는 길인데도 헤매는 것,
캄캄한 밤중에 들판에 홀로 버려진 것 같은 느낌들.
현대인들에게 익숙한 느낌입니다.
어떻게 살아야 할지
인생의 의미를 잘 모르기 때문입니다."

지현 스님

성장한 환경의 영향도 배제할 수 없다. 학업 성취가 사회적 기반과 연결되는 사회, 내면의 성장보다 외부의 시선이 중요한 사회는 인생의 가치를 익힐 기회를 놓치게 만든다.

"영어를 배우느라, 수학을 배우느라 어린 학생들이 밤잠을 설치며 공부에 매달립니다. 학업을 배제할 수는 없지만 그렇다고 그것이 전부는 아니지요. 하지만 전부라고 믿는 데서 문제가 생깁니다. 정작 인간의 가치를 익혀야 할 시기를 놓치고 있는 것입니다. 내 단견에는 길을 잃은 사람들이 그렇게 살아가고 있다고 생각합니다. 『숫타니파타』에 이런 표현이 나옵니다.

'넘어진 사람의 손을 잡아서 이끌어 주시는 부처님,
길을 잃은 사람에게 길을 안내해 주시는 부처님,
병든 이를 치료해 주시는 부처님.'
그런 부처님을 만난다면 헤매는 정도는 점점 줄어들 것입니다."

혼란스러운 세상 속에서 눈 밝은 선지식을 만날 수는 있을까. 스님은 "출가가 반드시 선지식을 만나게 해 주는 것은 아닙니다."라는 단서를 달았다.

다만, "좁은 견해로 보면 세상에 선지식이 없을 것만 같지만, 조금만 둘러보면 스승이 될 만한 분들이 많습니다. 산중에 오랫동안 수행하시는 스님들이 계시고, 포교의 일선에서 방편으로 일러 주시는 분들이 있습니다. 만일 그분들을 만날 기회가 단 한 번이라도 있다면 여러분 자신이 먼저 알아차릴 수 있습니다. 이분이 내 삶을 이끌어 주실 수 있고, 눈이 되어 주시고 손이 되어 주시고 발이 되어 주시리라는 것을 말입니다. 박사 학위를 받는 것보다도 스승을 만나는 일이 더 급선무입니다."라며 재가불자로서 불교와 인연 맺는 것이 매우 중요함을 강조했다.

"일등이 되려면 일등에게 배우라는 말이 있습니다. 저 역시 혼란의 시기를 보냈습니다. 출가 이전에도, 이후에도 몇 번이나 그런 시기가 찾아왔습니다. 확실한 건 일등을 따라가면 결코 나쁜 길로는 가지 않는다는 것입니다. 일등 인생이란 무엇일까요. 자기 스스로에게 부끄러움 없이 당당한 삶을 사셨던 분, 부처님의 인생이 일등 인생이며, 수많은 제자들이 뒤를 따라 걸었습니다. 수천 년이 지난 지금까지도 같은 가르침을 선양하며 뒤를 잇는 제자들이 있습니다. 그분들과 인연을 맺는다면 가장 좋은 인연을 창조해 나가는 것 아니겠습니까. 갈 길이 없는 곳에서 나침반을 얻어서 목적지로 가는 겁니다."

그렇다면 출가란 도대체 무엇일까. 정말 확답이 될 수 있는 것일까.

"어디로 가야 할지 명확히 알게 되는 기회, 그것이 출가의 길입니다." 정처 없이 헤매던 이가 북극성의 별빛을 보고 길을 찾아낸다. 북쪽만 알아도, 나머지의 방향을 찾을 수 있다. 우리의 목표는 북극성에 있는 것이 아니다. 삶의 바른 가치를 알고 바른 방향을 아는 것, 스님은 그것이 출가자의 삶이라고 확언했다.

"방향을 알았으니 최소한 길을 잃지는 않을 겁니다."

출가, 수행하기 쉽고
선지식을 만나기 쉬운 길

절에서는 대중大衆이라는 표현을 즐겨 쓴다. 사회에서 쓰는 의미와 한자도 같고 뜻도 같지만, 쓰임이 조금 다르다. 대중은 많은 사람들을 뜻하지만, 때에 따라 나는 포함이 될 수도 그렇지 않을 수도 있다. 대중음악은 대중들이 많이 듣는 음악이지만 그것이 내 취향은 아닐 수도 있듯. 하지만 절집에서의 대중은 내가 반드시 포함된다. 출가 후 가장 처음 맞닥뜨리는 환경이 바로 대중이다. 행자가 되면 행자실에서 행자 생활을 시작한다. 이때 방에 일반적으로 붙어 있는 문구가 하심下心이다. 대중이 함께하기 위해 자신의 욕심, 견해를 내려놓는 것부터가 수행의 시작이라고 보는 것이다. 내가 대중 속에 온전히 융화되는 것 자체가 수행의 첫 번째 단계이다. 물론 모든 교육과정을 마친 후에는 자유로운 선택을 한다. 혼자 살거나, 대중 속에 살아가거나. 그러나 스님들은 모두 한목소리로 "출가수행자로 살아갈 힘은 대중 생활 속에서 대부분 얻는다."라고 말한다.

출가자의 삶에서 가장 중요한 시기이지만 대중 생활을 어려워하는 사람도 있다. 이 시기 출가를 포기하는 이들이 많은 이유이기도 하다. 게다가 엄격한 계율을 지키며 살아가라니, 나를 내려놓기도 힘든데 지킬 것이 많은 곳에서의 생활이란 혼란스럽다. 스님은 오히려 이런 사람일수록 율장 공부가 잘 맞다고 설명했다.

"비틀거리면서 걸어왔겠지요.
출가를 통해 앞길이 분명해졌지만
여전히 혼란스러울 수도 있습니다.
계율을 공부하는 것은
가릴 줄 아는 안목을 갖추는 일입니다.
반드시 해야 하는 것과 하지 말아야 할 일을
명확하게 구분 짓는 겁니다.
율장뿐만 아니라 경장을 보는 일도 마찬가지입니다.
우리가 이 둘을 통해 얻을 수 있는 목표는 단 하나,
바른 지혜를 얻어 가는 일이에요."

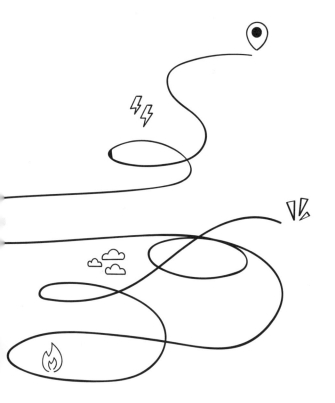

말은 쉽지만, 믿음이 쉽게 일어나지는 않는다.

"누가 동쪽으로 가라고 하면 안 믿는 사람이 꼭 있습니다. 그런데 교본에 확실히 동쪽으로 가라고 적혀 있으면 오히려 받아들이기가 수월합니다. 율장은 혼란스러운 사람에게 큰 도움이 됩니다. 차츰 나쁜 일을 줄이고, 좋은 일을 늘려 갑니다. 또 나 자신으로만 향하던 이익을 남을 향해 베풀 수 있는 여유가 생깁니다. 출가 전 수십 년간 쌓아 왔던 습관을 한번에 버릴 수야 없겠지요. 그래도 조금씩 바꿔 나갈 수 있음은 확실합니다."

이것이 수행자의 길이다. 지옥과 같은 길이 나오더라도, 부처님의 가르침이라면 충분히 헤쳐 나갈 수 있는 힘이 생긴다. 그래서 스님은 계율을 "바른 안목과 가치관을 심어 주는 일"이라고 정의했다.

"넘어지고 다시 넘어지고, 수도 없이 많은 실패를 겪었지만 까먹었습니다. 실패를 통한 고통은 금방 잊혀집니다. 진로가 헷갈리고 여러 가지 문제를 마주하겠지만 다시 일어나고 또 일어나면 그때의 고통은 사라집니다. 저는 그 순간이 올 때마다 부처님이 내 손을 잡아 주시고, 채찍질도 하시며 안아 주신다는 것을 알고 있습니다. 천 번 만 번 죄를 지어도 어머니는 자식을 보듬어 주시듯 말입니다."

스님은 산중에서 어른, 노장老丈의 지위에 있는 분이다. 스무 살 청년에서부터 일흔을 훌쩍 넘긴 어른이 되기까지 단 한 번도 출가를 후회한 적은 없었을까.

"용기가 있었다면 더 일찍 출가를 했을 거예요.
세상의 때가 덜 묻었을 때 청정한 대중 속에 들어왔다면
좋은 기회들이 있었을 거라 생각합니다."

동진 출가에 준할 정도로 어린 나이였지만, 그 무렵 청년들이 으레 겪는 반항과 혼란은 적었다. 그때마다 선지식이 있었다. "비구, 비구니 500명 이상이 산중에 사는 도량에서 10년을 살았습니다. 그런 인연이 평생의 중노릇에 도움이 컸지요. 어른스님 곁에서 그분들의 수행하시는 모습을 보며 배울 수 있었던 것도 참 좋은 인연이었습니다. 출가를 하면 수행하기가 쉽고, 선지식을 만나기가 더 쉽습니다. 만일 가족이 있었다면 먹고사는 걱정이 우선이었겠지만, 수행자는 오직 수행에만 전념할 수 있으니 출가자의 삶이 좋다 하겠지요. 역사 속의 선지식, 살아서 육안으로 친견할 수 있었던 여러 어른스님들 덕분에 많은 것을 배웠습니다. 이생에 조금 해 놓았으니까 다음 생에는 조금 더 수행하기가 나아지겠지요."

혼자 걷는 것보다는 여럿이 걷는 게 좋다. 스님은 "수행하기가 쉽고, 선지식을 만나기가 쉬운 길이 출가"라고 했다. 그다음을 묻는다면, 대중들이 살아가고 하나의 목표를 향해 공부하는 율원이라는 구체적인 선택지를 놓아도 좋겠다.

epilogue

어디로 가야 할지를 명확히 알게 되는 기회,
그것이 출가의 길입니다.
방향을 알았으니 최소한 길을 잃지는 않을 겁니다. ☺

북극성 ✕ 바른 방향
　　　✕ 바른 출가

지현 스님 인터뷰

불교는 좋지만
출가는 겁나는

불교는 좋지만
출가는 겁나는

불교는 좋지만
출가는 겁나는

나에게

불교는 좋지만
출가는 겁나는

슬기로운 출가생활

불교는 좋지만 출가는 겁나는 너에게

초판 1쇄 발행 2023년 11월 30일
초판 3쇄 발행 2024년 1월 18일

발행인   범해
편찬   대한불교조계종 교육원

—

펴낸이   오세룡
글   최은영
영상   최윤정
디자인·편집   최지혜 고혜정 손미숙
사진   정승용
일러스트   벼리 키큰나무 정윤서

—

펴낸곳   담앤북스
              서울특별시 종로구 새문안로3길 23 경희궁의아침 4단지 805호
              전화 02-765-1251   전송 02-764-1251
              출판등록 제300-2011-115호

© 대한불교조계종 교육원

ISBN 979-11-6201-415-8 (03810)

값 18,000원